सुरसतिया

सुरसतिया

महाश्वेता देवी

अनुवाद

सुशील गुप्ता

वाणी प्रकाशन

वाणी प्रकाशन

4695, 21-ए, दरियागंज, नयी दिल्ली 110 002

शाखा

अशोक राजपथ, पटना 800 004

फ़ोन : +91 11 23273167 फ़ैक्स : +91 11 23275710

www.vaniprakashan.in
vaniprakashan@gmail.com
sales@vaniprakashan.in

SURSATIYA
by Mahashweta Devi
Translated by Sushil Gupta

ISBN : 978-93-86799-65-4
Novel

प्रथम संस्करण

मूल्य : ₹ 125

सिटी प्रेस, दिल्ली-110 095 में मुद्रित

वाणी प्रकाशन का लोगो मक़बूल फ़िदा हुसेन की कूची से

एक

सुरसतिया दुसाध की बेटी थी, दुसाध की बहू थी। नाढ़ा गाँव की बहू। यहाँ बीच-बीच में दो-तीन साल विवाह की लगन लग जाती थी। यह लगन कैसे शुरू हो जाता था, यह बात वे सब दुसाध-गंजू-रविदास लोग ही जानते थे।

लगन जब शुरू हो जाता था, तब एक पक्ष, एक माह, लगातार चलता रहता था। उन दिनों गाय चरानेवाले चरवाहे, और भी छोटे-छोटे लड़के, नन्ही-नन्ही बच्चियों, सभी की शादी हो जाती थी। विवाह के साथ लड़कियों का ससुराल जाने का कोई वास्ता नहीं था। विवाह के समय उधार-देना करके, बाप अपनी बेटी को ब्याह देता था। उसके बाद, लड़के-लड़कियाँ बड़े होते रहते थे। पहले का देना शोध करने से पहले ही, सिर पर दूसरी बार देना चढ़ जाता था।

बेटी को थोड़ा-बहुत दे-दिलाकर ससुराल भेजना पड़ता था और इसीलिए उधार-देना बढ़ता जाता था। बाप उधार लेता था, बेटा तक चुकाता रहता था, खुद भी उधार लेता रहता था। उसके बाद, उसका बेटा उधार शोध करता रहता था, खुद भी उधार लेता रहता था।

विवाह के उपलक्ष्य में लड़की का बाप हमेशा ही उधार-देना नहीं भी करता था। बहुतेरे लोगों को बेटी के लिए रुपये देने पड़ते थे। बेटी के लिए रुपये देने के लिए, वे लोग भी कर्ज लेते थे।

यह उधार और सूद का साम्राज्य काफी बड़ा और सुप्राचीन था। नाढ़ा गाँव में अन्त्यज लोगों में, प्रति व्यक्ति कमाई, साल भर में सौ रुपये या उससे कम होती थी। लेकिन, इस गाँव में सूद पर जो रुपये लगे हुए थे, उसका अंक दस लाख से कम नहीं था।

लेकिन, हाँ, नाढ़ा गाँव में यह उधार-कर्ज देते थे, राजपूत मालिक। कोई लाल या साहू नहीं होता था। अन्त्यज लोग उन्हीं लोगों की प्रजा, किसान या बेगार होते थे। इन लोगों को उधार देकर, इसी दम पर लोगों को उखाड़ फेंकने का अधिकार भी उन्हीं लोगों का था।

सुरसतिया इसी गाँव की बेटी थी। गजमोती सिंह के पास अपनी ज़मीन गिरवी रखकर, सुरसतिया के बाप ने नाढ़ा गाँव के उधारचन्द से अपनी बेटी का विवाह कर दिया। उन दिनों सुरसतिया काफी छोटी थी। सारा ख़र्च उधारचन्द ने ही दिया था। दामाद उम्र में अपने ससुर के बराबर था। वह सब खर्च-पत्तर देने के बावजूद, ससुर उधार ले बैठा।

सुरसतिया के बाप का तो सिर घूम गया था। उधारचन्द काफी उम्रदार था। घर भर बेटे-बेटी, नाती-पोते, नाती-नतिनियाँ। पचास वर्ष उसकी उम्र। उसने शादी कर ली, आठ वर्षीया सुरसतिया से।

सुरसतिया के बाप ने इतने बूढ़े वर को अपनी बेटी क्यों दी?

इसकी वजह थी, उधारचन्द दुसाध कुल में टाटा-बिड़ला था। उसके पास न ख़ास ज़मीन थी, न उसका कोई मालिक-महाजन था। वह बकरियों के काफी बड़े-से तबेले का मालिक था। वह भी नाढ़ा गाँव में नहीं, नवरतनगढ़ में।

आज़ादी से पहले ही नवरतनगढ़ के राजाओं की आर्थिक स्थिति और अधिक बेहतर हो गयी। गद्‌दी पर आसीन था—भुजा सिंह। ग्रामीण राजा!

काइँया बुद्धि! लगातार ज़मीन ख़रीदता जाता था, जमा करता जाता था। उधारचन्द ने राजा के भकील को धर-पकड़कर, काफी सारी ज़मीन-जमा हथिया ली थी।

बकरियों के तबेले से भी उसे अच्छी आमदनी होने लगी। शुरू-शुरू में सभी लोग, उस पर खूब-खूब हँसे थे। गाय नहीं, भैंस नहीं, महज़ बकरियाँ, उधारचन्द सभी लोगों की बातें, सिर्फ़ सुनता रहता था। उसके बाद, बेटों को बुलाकर, डाल-पत्तों से उसने समूची ज़मीन खूब ऊँचे तक घेर दी। वैसे तीन बीघा ज़मीन घेरना आसान नहीं था। उसने करीब बीघा भर ज़मीन घेरकर, अलग कर दी। वहाँ उसने घर खड़ा किया। यह सारा कुछ उसने भकील से उधार लेकर किया।

इन सबके बाद, वह चन्द बकरियाँ ले आया। उसका छोटा बेटा, पुराण, उसके साथ-साथ लगा रहा। बकरियों पर कोई खर्च नहीं होता, बल्कि लाभ ही होता है। आजकल भुजा सिंह धनी जोतदार था, 'राजा' नाम उसके साथ-साथ घूमता था। लेकिन, अब वह राजा नहीं था। भुजा और भकील को पाठा खिलाकर, उधारचन्द ने उभरते गंज, नवरतनगढ़ में अपनी सुरक्षा कायम कर ली। दढ़ियल पाठा, कोमल पाठा, दुधारू बकरी वगैरह बेच-बेचकर, उधारचन्द ने अपना कर्ज़ चुका दिया। ज़रूर उसने भकील पर जादू कर दिया था, क्योंकि उधारचन्द दुसाध, एकमात्र ऐसा शख़्स था, जिसका कर्ज इहलोक में शोध हो गया था।

फलस्वरूप सभी लोग उसका सम्मान करते थे। भुजा और भकील को तो शक़ था कि उधारचन्द इस नवरतनगढ़ में सुई बनकर घुस रहा है, तलवार बनकर निकलेगा।

वह जानता था कि छोटी जात का फलना-फूलना, बड़ी जात हरगिज बर्दाश्त नहीं कर पाती। वह यानी उधारचन्द दुसाध, छोटी जात का था।

अगर वह धोबी से अपने कपड़े धुलवाता, तो दोष मान लिया जाता था। अगर वह अपने घर में लालटेन भी जलाता था, तो लोग समझने थे, वह रुपयों की गर्मी दिखा रहा है। वह अगर पाँव में जूते पहनकर, सिर पर छाता तानकर चलता था, तो लोग इसमें भी दोष मानते थे। यहाँ ज़मीन-जमा खरीदता, तो वह भी भयंकर दोष समझ लिया जाता था। इससे कहीं ज़्यादा

कम-अपराध में दुसाध-गंजू-रविदास-धोबी वगैरह का घर जला दिया जाता था, लाश गिर जाती थी, उन लोगों को उजाड़ दिया जाता था।

उधारचन्द ऊँची जात के लोगों को खुश रखता था। यहाँ भुजा और भकील जो सोचते थे, सब वही सोचते थे।

उन्हीं लोगों ने राय दी कि उधारचन्द आदमी भला है।

उधारचन्द हाथ से धुले हुए कपड़े पहनता था। किसी दुकान पर जाता था, तो दूर ही खड़ा रहता था। अपनी गाँठ के पैसे खर्च करके, सौदा खरीदते हुए भी, वह कहता था, "किरपा करें, हुजूर, थोड़ा सौदा दे दें।"

ऊँची जात का कोई बन्दा अगर सामने से आ रहा होता था, तो वह राह छोड़कर परे जा खड़ा होता था। गर्मी में सिर पर गमछा बाँधकर नंगे पाँव चलता था।

ऊँची जात के इनसानों को जब बेचता था, तब अच्छा माल बेचता था। बीच-बीच में भुजा और भकील को खिलाता भी था।

पुरान की उम्र सोलह वर्ष थी। चंचल ख़ून था।

उसने अपने बाप से पूछा, "क्यों? इतना डरते क्यों हो? हमने कोई चोरी या डकैती तो की नहीं..."

उधारचन्द ने पीली-पीली, करुण आँखों से देखा। अन्यान्य बेटे उसकी दीन-हीन-भीरु भूमिका की अहमियत को समझते थे।

उधारचन्द ने जवाब दिया, "पुरान, तेरा ख़ून बड़ा गर्म है, रे।"

"बताओ न, बताओ, बप्पा।"

"हमें इसी तरह रहना पड़ता है, बच्चे!"

"क्यों?"

"वर्ना वे लोग गुस्सा हो जाएँगे। वे लोग जब गुस्सा हो जाते हैं, तो घर-द्वार जला डालते हैं, उखाड़ फेंकते हैं, गोलियाँ बरसाने लगते हैं। पुलिस आकर हमें ही पकड़ती है।"

"प्रसाद जी कह रहे थे, हम लोगों का भी हक़ है।"

"प्रसाद जी?"

"हरिजन सेवा संघ के प्रसाद जी।"

"प्रसाद जी ने सही कहा।"

"सही कहा?"

"बेशक।"

परम उद्वेगभरी मुद्रा में उधारचन्द ने एक बीड़ी सुलगायी।

उसने बेटे से कहा, "वे मास्टर जी यहाँ थे न? उनसे भी सुना है कि हम सबको जूते पहनने, सिर पर छतरी लगाने, ज़मीन ख़रीदने–सबकुछ का हक़ है।"

"यही तो मैं कह रहा हूँ।"

"लेकिन, पुरान! वे लोग तो हमें अन्याय करते देखकर, बात-बात में हम पर जुलुम बरसाते हैं। ऐसा कई-कई बार हो चुका है।"

"क्यों? थाना-पुलिस नहीं है?"

"पुरान, तेरी नज़र में नाढ़ा, अब बज्र गाँव है। नवरतनगढ़ अब बहुत बड़ा शहर है। करीब ही तोहरी है। वहाँ शहरी हवा बहती है। इसीलिए तू ऐसी बातें कर रहा है। थाना-पुलिस ज़रूर है। प्रसाद जैसे लोगों के कहने पर, वहाँ हम जैसे लोग भी पहुँच गये हैं, यह बात भी सच है। लेकिन..."

"लेकिन क्या...? बताओ न।"

"हमें न्याय नहीं मिलता। भगवान न करें, आज अगर भुजा सिंह हमें मारे-पीटे, तो तू थाने में जा सकता है–" उधारचन्द कुछेक पल के लिए ठिठक गया और उसने पच्च से थूक दिया।

अगले ही पल उसने भीषण गुस्से से कहा, "पुरान दुसाध की शिकायत पर पुलिस क्या भुजा सिंह को गिरफ्तार करेगी?"

"नहीं! नहीं!"

"फिर? इसीलिए मैं चुप मारे रहता हूँ। ऐसा क्या मैं अपने लिए करता हूँ? तुम लोगों के लिए करता हूँ। तुम लोग भी अगर ज़िन्दा रहना चाहते हो, तो मेरी ही तरह सबको सलाम बजाते हुए चलना। नाढ़ा में अब एक छटाँक भी ज़मीन नहीं है। सारी ज़मीनें चकरपानी सिंह के खाते में दर्ज़ हो चुकी हैं और हम उसी की दया पर रहते-सहते हैं।"

इतने सबके बाद भी उधारचन्द ने भकील का पल्ला पकड़ा।

उसने विनती की, "हजूर, मोरे बाल-बच्चों का बियाह हो गया। घर में बाल-बच्चे भी आय गये हैं..."

"क्या चाहिए, बता?"

"उतनी दूर तक बस-सड़क बन रही है। नाढ़ा से इतनी दूर तक। उधर जंगल भी है। आपका दामाद तो वहाँ का अमीन है। अगर आपकी किरपा हो जाये, तो वहाँ कुछ ज़मीन, बेटों के लिए बन्दोबस्ती कर लूँ।"

"खेती की ज़मीन?"

"राम-राम, हजूर! दुसाध भला ज़मीन-मालिक हो सकता है? वह भी इस नये ज़माने में?"

"क्यों? मैंने तो देखा, पुरान, प्रसाद के पास जाता है और यह कमबख़्त प्रसाद तो अछूत लोगों को ख़ूब तालीम देता है।"

"हजूर, पुरान तो आखिर मेरा बेटवा है न? वह भला क्या जानता-समझता है? हम आपके पास भेज दूँगा, दो-चार जूते जड़ दीजिएगा।"

"अरे, नहीं! नहीं! मैंने तो ऐसे ही कह दिया।"

"वे सब भी बकरी पालेंगे। आप देख लीजिएगा, हजूर!"

"तू यहाँ अकेले, इतना सब कैसे सम्हालेगा?"

"मेरी फूटी तकदीर, हुजूर! दुइ-दुइ मेहरिया पट् से मर गयीं। अब, छोटी मेहरारू का एक भतीजा है! नाम है रांका! राच्छस जैसा है भी! मोरी ही गर्दन पर लदा है! उसे ही नाढ़ा बुला लूँगा। पुरान, तीनों भाई मिलकर, जो कर सकेंगे, करेंगे।"

इसी तरह का इन्तज़ाम हो गया। पुरान को यहाँ से हटाकर, उधारचन्द ने राहत की साँस ली। उसके पास अच्छी-ख़ासी दौलत जमा हो चुकी थी। वह अपने तीनों बेटों को नाढ़ा से हटा ले गया।

उसने कहा, "सुन, यहीं रहना, बकरियाँ पालना! जो मिले, अपना पेट चलाना।"

बड़े बेटे ने कहा, "अरे, नाढ़ा में तुम ज़मीन तो ले सकते थे?"

"अरे, नहीं! नहीं! मैं अपनी ज़िन्दगानी में अपने बाप-दादा-परदादा को देख चुका हूँ। पिछली तीन-तीन पीढ़ियों को तीन-तीन बार ज़मीन खरीदते देखा है; तीन-तीन बार कर्ज़ चुकाने में ज़मीन गँवाते हुए भी देखा है। देख, बन्दोबस्ती देती है, रूखी-सूखी ज़मीन, हम उसको सरस बनाता हूँ। तब मालिक की आँखों की नींद हराम हो जाती है कि यह मैंने क्या किया? मैंने

भूल से शायद अच्छी ज़मीन ही दे डाली थी। बस, तभी वह मतलब गाँठने लगता है कि कैसे यह ज़मीन छीन लूँ।"

"टाइ में खेती की ज़मीन तो ले सकते थे?"

"भकत, देखने पर लगता है कि यह धरती कितनी बड़ी है। यह मैदान, यह जंगल, यह बस्ती-आबाद! लेकिन कहीं, कोई मालिक नहीं है। यही तो भला काम है। मालिक लोगन को भी कोई फर्क नहीं पड़ेगा और इस काम में ख़ासा पैसा भी है।"

"तीन-तीन बेटों को हटा दिया? पुरान को तो रहने देते!"

भकील उस पर भड़क गया, "इसी में तुम लोगों का भला होगा। बस-सड़क तो शुरू हो चुकी है। अब वहाँ हाट बैठेगी। तुम भी हाट में जाना। थोक व्यापारी लॉरी लेकर आएँगे और सब खरीद ले जाएँगे।"

पुरान ने कहा, "भई, थोक व्यापारी तो लॉरी लेकर वहाँ भी आते थे। उसे भी तुम पाठा नहीं बेचते थे?"

"सारी बातें क्या समझानी होंगी? वहाँ बैठकर माल अगर थोक व्यापारी को बेचा और नक़द रुपये लिए, तो भूजा सिंह आगबबूला हो जाएगा।"

"तब क्या सब अकेले ही करोगे?"

"राँका को ले जाऊँगा।"

"सबकुछ उसे ही सौंप दोगे?"

"अरे, नहीं रे, बच्चे! सबकुछ तुम लोगों का होगा।"

ऐसा था उधारचन्द, जिसकी पोर-पोर में बुद्धि भरी हुई थी! वह इतनी नन्ही बच्ची, सुरसतिया से ब्याह क्यों कर बैठा? इस ब्याह की वजह से बेटे उस पर बेतरह भड़क गये। पुरान तो शुरू-शुरू में बाप को मारने पर आमादा हो गया। अन्त में तीनों भाई एक साथ मिलकर अपने पिता के पास पहुँचे। वजह था—पुरान का ससुर!

पुरान के ससुर ने कहा, "मिज़ाज दिखाने जा तो रहे हो। लेकिन तुम लोगों के पास कहने को क्या है? उधारचन्द समाज में नामी-गिरामी हस्ती है। उसके देश में नहीं, उसके कामकाज की जगह! वहाँ जाकर उससे बहस करोगे?"

"क्यों नहीं करूँगा?"

"क्यों करोगे?"

“बप्पा ने ब्याह क्यों किया? बदनामी क्या कम हुई? राँका ठहरा जवान-जहान लड़का! वह क्या हमारे मामा का बेटा नहीं है? जब वह हमारे ही अन्न-पानी पर पल रहा है, तो उसकी शादी कर देना भी, क्या मेरे बप्पा का फर्ज़ नहीं है?”

“हाँ! हाँ! ठीक-ठीक!”

“इसीलिए तो बप्पा ने नउआ को भेजा।”

“वह तो भेजेगा ही! कौन गया?”

“गनोरी हजाम।”

“वह तो सच्चा इनसान है। बूढ़ा मानस। विलक्षण आदमी है।”

“हाँ, सो तो है, अब देखिए न गनोरी हज्जाम को सभी बड़े-बड़े मालिक-महाजन चाहते हैं। राजपूत मालिकों के घरों में शादी-ब्याह का रिश्ता वही लाता है। लेकिन, गनोरी के साथ बप्पा की ख़ासी दोस्ती है।”

“यह तुम्हें बताने की ज़रूरत नहीं है, बरखुरदार। जब तुमने गनोरी का ज़िक्र छेड़ा, मैंने तभी समझ लिया कि उसने कोई बद मतलब नहीं गाँठा।”

“बद मतलब? यह कैसी बात?”

पुरान का ससुर, रिश्ते की गम्भीरता को कायम रखते हुए, ईषत् हँसा, “इसका मतलब तुमने नहीं समझा? हाँ, भकत, हाँ! पुरान तो तुम लोगों से उम्र में छोटा है न! तुम लोग भी नहीं समझे?”

“आप ही बताएँ न!”

“सुनो, बच्चो, उधारचन्द ने अब काफी दौलत कमा ली है। उसने ऐसा का़रोबार किया है, जो किसी भी दुसाध की बुद्धि में, किसी दिन भी नहीं आया। उसने खुद तो दौलत कमाई ही, अपने बेटों को भी अपने पैरों पर खड़ा कर दिया। बकरियाँ पालने में कोई ख़र्च नहीं होता। तुम लोग बकरियाँ पालते हो, दूध बेचते हो, पांठा बेचते हो, बकरी बेचते हो...अरे, भई, ख़ासा मज़े में तो तुम लोग ही हो। ज़मीन के नाबदान में हम लोगों ने थूका, अब थूका हुआ चाट रहे हैं। तुम लोग जो फल-फूल रहे हो, वह तो अपने बाप की हिम्मत की बदौलत!”

“सच बात!”

“बद मतलब से कोई अपनी बेटी देकर, रुपइये खींच सकता था। बेटों

के खिलाफ बाप के मन में ज़हर भर सकता था। उसे कहते—बद मतलब। लेकिन गनोरी हजाम ने जहाँ शादी पक्की की, वहाँ कोई बद मतलब नहीं था।"

"बप्पा ने विवाह किया ही क्यों? वह भी उतनी-सी बच्ची से?"

"देखो, बच्चो, उधारचन्द ने जब शादी की है, तो इसके पीछे ज़रूर कोई न कोई वजह होगी। एक बात तुम लोग नहीं जानते।"

"कौन-सी बात?"

"नाढ़ा छोड़कर नवरतनगढ़ जाते समय उसने कहा था कि वहाँ अगर वाकई कोई कामकाज कर पाया, जिसके जरिये मेरे बेटों का किसी तरह पेट चल जाए, तभी मैं वापस लौटूँगा, वर्ना किसी और देश, भीख माँगने निकल पड़ूँगा। समझे?"

"ऐसा कहा था उसने?"

"हाँ, रे, बच्चे! उससे मेरा ऐसा कौन-सा रिश्ता-नाता या खातिर-बात है कि मैं गढ़-गढ़कर बातें करूँगा? मुझे लगा था कि मन के दुःख से वह ऐसी बातें कर रहा है। लेकिन, जो भी कहो, उसने काम कर दिखाया।"

"अब, जाने उसे यह क्या सूझी?"

"उसके पास जाओ और यह बात अच्छी तरह जान लो। तुम्हारा बाप कभी भी बेवजह कोई काम नहीं करता।"

"गनोरी हजाम को भेजा तो था राँका के रिश्ते के लिए, मगर सुना है कि बप्पा ने उस लड़की से खुद ब्याह कर लिया।"

"तो फिर गनोरी के पास ही क्यों नहीं जाते?"

"नहीं, नहीं, बप्पा के पास ही जाता हूँ—"

पिता के पास जाकर उन लोगों ने अद्भुत परीकथा सुनी।

दो

अपने तीनों बेटों को देखकर, उधारचन्द मन्द-मन्द मुस्करा उठा। बेटे भी अपने बाप को मानो पहली बार देख रहे हों। हाँ, बाप के पास अब दौलत भी है और शरीर में ताकत भी है। मेहनत-मशक्कत करनेवाला प्राणी!

उधारचन्द ने कहा, "तीनों जन एक साथ? क्या हाल-समाचार है, भई?"

"बप्पा, तुम दुबारा लगन कर रहे हो?"

"हाँ, भकत!"

"क्यों, बप्पा? एक माँ की तीन-तीन बेटियाँ हैं और दूसरी माँ के तीन-तीन बेटे। अब, इस उम्र में तुम दोबारा लगन क्यों कर रहे हो?"

उधारचन्द ने राँका को दुकान भेज दिया।

उसने राँका को हिदायत दी, "जा, तो, आटा, दाल और मिर्च ले आ।"

राँका के चले जाने के बाद उधारचन्द ने कहा, "गोनारी हजाम इसकी वजह जानता है और गजमोती सिंह के घर का लक्ष्मी दामोदर, जो उनके यहाँ पूजा करता है, वह बाम्हन भी जानता है।"

"क्या जानता है?"

उधारचन्द ने जवाब दिया, "उस लड़की के माथे पर लाल रंग का जनम-निशान है। उसके माथे पर वह निशान देखते ही, गनोरी को लगा कि ऐसा निशान तो आसानी से नज़र नहीं आता। गोनारी ने बहुतेरी लड़कियों का रिश्ता कराया है। अपने मालिकों की जुबानी, उसने बड़े-बड़े ज्योतिषियों, पंडितों का ज़िक्र सुना है। लड़की का बाप तो गजमोती की ज़रखरीद प्रजा है। गोनारी गजमोती के घर के उस बाम्हन पुजारी को चुपके-चुपके बुला ले गया।"

इस बीच राँका लौट आया।

उधारचन्द ने उसे दूसरी बार हिदायत दी, "जा, एक कलसी पानी भर ला। हमारे यहाँ की रस्सी-बाल्टी लेता जा!"

राँका के जाते ही, उधारचन्द ने एक बीड़ी सुलगायी।

दो-चार सुट्टे लगाकर, उसने दोबारा कहना शुरू किया, "उस बाम्हन ने छुआछूत बचाकर, उस लड़की का हाथ देखा। खूब गौर से देखा। उसके बाद, उसने उस लड़की को चले जाने को कहा। उसने गनोरी से कहा—भगवान भी कभी-कभी कैसा पक्षपात करते हैं; एक आँखी से देखते हैं—"

"क्यों? ऐसी बात उस बाम्हन ने क्यों कही?"

राँका पानी लेकर लौट आया।

उधारचन्द ने फिर उसे ताकीद की, "राँका, जा, तू ज़रा चूल्हा जला ले।

बच्चे यहीं खाएँगे! तू दाल चढ़ा दे और आटा भी सान ले।"

वह बेटों को साथ लेकर बाहर चला आया। तबेले के बाहर, एक चट्टान पर बैठ गया।

उसने फिर कहना शुरू किया, "एक-अंक्खी विधाता ने साक्षात् लक्ष्मी को दुसाध के घर भेजा है। यह लड़की पुत्र-नाड़ी है। इसे बेटी बिल्कुल नहीं होगी और बेटा कैसा होगा, मालूम? राम जैसा बेटा होगा, बलराम जैसा बेटा होगा, लक्ष्मण जैसा बेटा होगा। ऐसी माँ के बेटे भू-स्वामी होते हैं।"

"और क्या कहा उसने?"

"गनोरी ने हँसकर पूछा—'दुसाध की बेटी और देवी? उसके बेटे ज़मीन-मालिक कैसे होंगे?' बाम्हन ने जवाब दिया—'पहले भी हुए हैं, अभी भी होंगे।' समझे?"

"इस बात का क्या मतलब है?"

"बड़े-बड़े घरों की बड़ी-बड़ी बातें, वह बाम्हन ही जानता है। उसी ने बताया कि पहले के दिनों में राजा-महाराजाओं के घर के हज्जाम और दासियाँ ही इस क़िस्म की भगवती सुलक्षण लड़की खोजती थीं। जिस भी घर में ऐसी लड़की मिलती थीं, राजा लोग वहीं से वह लड़की ले आते थे। चाहे बेटी हो या बहू, वे लोग उसे उठा लाते थे। दो-एक बेटे हो जाने के बाद, उसे लौटा देते थे। अब, यह कौन देखने जाता था, कौन जानता था, कहाँ का राजा या कहाँ का ज़मींदार, किसका बेटा!"

भकत ने धीमी आवाज़ में रुक-रुककर कहा, "बप्पा, यह सब तो होता ही रहता है। इससे हमें क्या फ़र्क पड़ता है?"

"मैं सच कहता हूँ, तब मैंने सोचा कि ऐसी लड़की राँका को क्यों दूँ? लड़की के बाप को तो कोई जानकारी नहीं है। अरे, भई, भगवती जैसी सुलक्षणी लड़की दस-बीस वर्ष में एकाध ही मिलती है या फिर भी नहीं मिलती। हमारी ज़मीन, हमारे पास नहीं टिकती। अगर टिक पाती, तो कितना भला होता। यही सब सोचकर मैंने गनोरी से कहा कि मेरे तीनों बेटों का ब्याह हो चुका है। बहुएँ घर में हैं। अब, मैं लगन करूँगा।"

"यही बात है?"

"हाँ, बात यही है।"

"तुम न, पगला गये हो, बप्पा।"

लम्बी-सी उसाँस उगलकर भकत ने कहा, "अकेले-अकेले रहते हो, हाथ में दो पैसे आते हैं। गाँव-घर से इतनी दूर रहते हो। राजा-ज़मींदारों के देश में ये सब बातें हवा में घूमती-फिरती हैं। गाँव में तो ऐसी बात, मैंने कभी नहीं सुनी।"

भकत ने कहा, "कालिया दुसाध की बेटी, सुरसतिया भगवती-सुलक्षिणी लड़की है? ऐसी बात, कब, किसने सुनी है?"

"मैं क्या झूठ बोल रहा हूँ?"

"कालिया को कितने रुपये दे रहे हो?"

"दो कूड़ी रुपये! यानी चालीस रुपये।"

"चालीस रुपइये हाथ में मिल जाएँ, तो मैं अभी महादेव के लक्षणवाला, भरत दुसाध बनने को राज़ी हूँ।"

पुरान ने पूछा, "मेरे ससुर को भी कुछ दिया है?"

"पान खाने के लिए, सिर्फ दो रुपये।"

"बस, इसी में वह तुम्हारे गुण गाने लगा।"

भकत ने कहा, "चलो, मान लिया, वह भगवती जैसी सुलक्षिणी लड़की है। उसे राँका के साथ क्यों नहीं ब्याह देते?"

उसकी यह बात सुनकर उधारचन्द भड़क गया। बेटों से उसका तुमुल झगड़ा-झमेला हुआ।

अन्त में उधारचन्द ने कहा, "चलो, निकलो तुम लोग!"

पुरान ने कहा, "तुम्हारी सारी बकरियों को मैं ज़हर देकर मार दूँगा।"

"मैं क्या तुम लोगों का दिया खाता हूँ या पहनता हूँ?"

"तुम हम लोगों की जग-हँसाई कराओगे।"

"अरे, हम तुम लोगन को वहाँ से उखाड़ फेंकूँगा।",

"जो मन में आये, करो!"

तीनों बेटे चले आये। जब वे लोग लौट रहे थे, राँका दौड़ते-दौड़ते उनके पास आया।

उसने कहा, "अरे, तुम लोग जा क्यों रहे हो। उन्हें भी लेते जाओ।"

"न्ना! बप्पा हम सबको नहीं चाहते।"

"यह जगह बेहद बुरी है–"

"यह तुम जाकर समझो।"

पुरान ने कहा, "तू भी चल हमारे साथ!"

"मैं कहाँ जाऊँगा?"

"तो हम तो चले!"

मारे गुस्से के बेटे तेज़-तेज़ चल पड़े।

कई एक पलों बाद, पुरान ने कहा, "लेकिन...अँधेरे में हम जाएँगे कहाँ? चल, तोहरी चलते हैं।"

"वहाँ कौन-सा रिश्तेदार बैठा है?"

"तू चल तो सही!"

पुरान ने प्रसाद महतो को जगाया। उन सबकी बातें सुनकर प्रसाद पहले तो खूब-खूब हँसा।

थोड़ा ठहरकर उसने कहा, "उधारचन्द यह सही नहीं कर रहा है। अगर मैं उसे समझाने जाऊँगा, तो वह उलटा समझ लेगा।"

पुरान ने कहा, "वह कमबख़्त भकील ही खच्चर है।"

"उसी के दामाद ने ही तुम लोगों को बन्दोबस्ती ज़मीन दी है।"

पुरान एकदम से बेचैन हो उठा, "प्रसाद जी!"

"हाँ, कहो न।"

"ज़मीन क्या वह शख़्स छीन सकता है?"

"क़ानूनन तो नहीं छीन सकता। लेकिन...तुम तो सब जानते हो।"

तीनों भाइयों ने एक-दूसरे की तरफ देखा।

बप्पा ऐसा क्यों कर रहा है? बकरियाँ पाल-पोसकर, बप्पा ने दो पैसों का मुँह देखा है, वर्ना दुसाध को कब भर पेट खाना नसीब होता है? कब वह अपने खेत की फसल अपने घर लाता है?

"क्या कहता है बप्पा?"

"सुरसतिया भगवती लड़की है।"

"धत्त् उज़बक! भगवती जैसी सुलक्षिणी लड़की।"

प्रसाद क्या कहे, उसे सूझ नहीं पड़ा।

थोड़ा सोचकर उसने कहा, "अब मैं क्या कहूँ? तुम्हारे पिता तो नवरतनगढ़

में बैठे हैं। वहाँ तो अभी भी भुजा सिंह के घर की हवा बहती है। बहुत बुरी है यह हवा! भई, मैंने तो भगवती-लक्षणी लड़की के बारे में कभी नहीं सुना।"

"किसी ने भी नहीं सुना।"

पुरान बोल उठा, "अब हम क्या करें?"

"अब, तुम लोगों के करने को क्या है? इस किस्म का ब्याह तो गैर-क़ानूनी है। लेकिन ऐसे गैर-क़ानूनी विवाह तो हर साल होते हैं।"

"आप कुछ नहीं कर सकते?"

"सुना है, अगर मैंने नवरतनगढ़ आना-जाना शुरू किया, तो भुजा सिंह मुझे मारकर जंगल में फेंक देगा।"

"ऐसी मजाल है भला उसकी?"

प्रसाद के चेहरे पर निर्मल हँसी झलक उठी, "अरे, बन्धु, जब वह मुझे मार ही डाले, तो उसके बाद, मुमकिन है कि भुजा सिंह को सज़ा मिले। लेकिन, मैं तो यह देख नहीं पाऊँगा। फिर भी—एक बार उधारचन्द को देख आने का मन ज़रूर है। ख़ैर, छोड़ो। अभी तो यह बताओ कि आज रात खाओगे क्या तुम लोग? मैं तो कहूँगा, पुरान, तुम सत्तू और गुड़ ख़रीद लाओ।"

सत्तू और गुड़ का शर्बत और पानी पीकर तीनों भाई सो गये। इसीलिए सुबह वापसी की राह पर चलते हुए आपस में सोच-विचार भी करते रहे। काफी दूर तक सोचना, उन लोगों के स्वभाव में नहीं था। बस, उन तीनों को यही लगता रहा कि उनका बाप किसी भी पल, उनसे सबकुछ छीन सकता है।

बकरियाँ पाल-पोसकर अपनी आर्थिक स्थिति लौटाने के बारे में सोचते-सोचते, धीरे-धीरे उन सबको यही लगता रहा कि यह होनेवाला नहीं है। खेती-बाड़ी उन लोगों के खून में है।

भकत के कहा, "सब बेच-बाच डालें, उसके बाद नाढ़ा लौटें।"

"उसके बाद?"

"मालिक की ज़मीन पर मजूरी करेंगे।"

"अब वह काम नहीं देगा।"

"फिर, क्या करें?"

पुरान ने लम्बी उसाँस भरकर कहा, "अभी जो करते हैं, वही करते रहें। कहीं, कोई गड़बड़ी नज़र आएगी, तो देखा जाएगा।"

"यह काम क्या कर पाएँगे?"

"बप्पा करते रहे या नहीं?"

भकत ने कहा, "अन्त में भागना ही पड़ेगा।"

प्रसाद जब नवरतनगढ़ जाने की सोच ही रहा था, तभी तोहरी बाज़ार में ही उधारचन्द से उसकी भेंट हो गयी। किसी सोलह वर्षीय छोकरी को साथ लेकर, उधारचन्द बाज़ार कर रहा था।

अपने बेटों का ज़िक्र, खुद उधारचन्द ने ही छेड़ा, "अब, हम क्या कहूँ, प्रसाद जी? मेरे बेटे बहुतै अमानुष निकले।"

"क्यों, मुझे तो आपके बेटे बेहद पसन्द हैं।"

हाय! हाय! प्रसाद जी भला क्या जानें। क्या बेटे, हर बात को लेकर, अपने बाप से कैफियत तलब कर सकते हैं?

"बात क्या है?" प्रसाद जी ने सवाल किया।

गरीब के साथ प्रसाद जी का यह कैसा तमाशा है? सभी लोग जान गये थे कि पिछले दिन उसके बेटे, उससे झगड़ा करने आये थे। बाप की बेइज़्ज़ती करके, वे तीनों तोहरी चले गये और वहाँ उन तीनों ने प्रसाद जी के यहाँ रात गुज़ारी, यह ख़बर भी सभी लोग जानते थे।

"उतनी रात को वे तीनों वापस कैसे लौटते?"

"चलो, मान लिया। मगर उन लोगों ने इतनी लानत-मलामत क्यों की?"

प्रसाद इस बारे में कुछ कहना नहीं चाहता था। लेकिन, ज्ञानी इनसान होकर, उधारचन्द क्या यह भला काम कर रहा था?

कौन-से काम का ज़िक्र हो रहा था?

भकत के बेटे की उम्र सात वर्ष थी। उधारचन्द अपने पोते की उम्र की लड़की से शादी क्यों कर रहा था?

"क्यों? ऐसा करना गैर-क़ानूनी है?"

गैर-क़ानूनी तो ज़रूर है, क्योंकि क़ानून ने तो साफ-साफ कहा है कि लड़की की उम्र जब तक चौदह वर्ष न हो जाए, उसकी शादी करना अपराध है। यह बात अगर छोड़ भी दूँ, गाँव-देहात में छोटी उम्र में ब्याह हो जाता

है। लेकिन उम्र में अगर इतना फ़र्क हो तो ऐसी शादी करना क्या लड़कियों के प्रति न्यायपूर्ण होगा?

अन्याय कहाँ है? उधारचन्द अगर मर गया, तो उसकी विधवा दोबारा ब्याह कर ही सकती है।

खैर, छोड़ें ये बातें, लेकिन बेटों ने कोई अपमान नहीं किया। उन लोगों के मन को चोट जो लगी है।

ख़ैर, छोड़ें! उधारचन्द बेहद बुरा आदमी है।

सेवा संघ के दफ़्तर में लौटकर प्रसाद ने देखा, उसका तफसीली अधिकारी, दफ़्तर का मित्र, वीरेन्द्र, खटिया पर लेटा हुआ है।

वीरेन्द्र ने कहा, "एक रिपोर्ट देनी होगी, भइये! तुम्हारी मदद चाहिए।"

"मेरी मदद?"

"अपने घर में ताला क्यों नहीं लगाते?"

"घर में ऐसा क्या है, जो ताला लगाऊँ?"

"अच्छा, चलो, पहले कहीं खाना खायें। मुझे बकाया डी ए मिला है।"

"चलो।"

खाना-पीना निपट गया! रिपोर्ट का काम भी पूरा हो गया।

उसके बाद, प्रसाद ने कहा, "चलो, तुम्हें एक मज़ेदार किस्सा सुनाता हूँ।"

"किस्सा-कहानी बाद में। चलो, पहले कहीं पान खायें।"

पान खाना भी हुआ। उसके बाद वे दोनों घर के अन्दर आकर बैठ गये। प्रसाद ने किसी को हाँक लगाकर कहा, "अरे, लछमन! घर में मेहमान आये हैं। एक खटिया दे जा! देखकर लाना, खटमल वगैरह न हो।"

लछमन खटिया बिछा गया।

जाते-जाते उसने कहा, "तुम्हें खटमल कहाँ दिख गया। अभी कल ही गरम पानी डाला है।"

वीरेन्द्र ने कहा, "हाँ, अब सुनाओ कहानी।"

प्रसाद ने उसे उधारचन्द और उसके बेटों की कहानी सुना डाली।

"यह भी कोई कहानी है भला?"

"उधारचन्द क्या दुसाध लगता है?"

जवाब में वीरेन्द्र ने कहा, "सुनो, यह सन्तोष, मेरा भाई लगता है, इस

बार उसने मुझे आफत में डाल दिया। वह खुद भी मरेगा। मुझे भी मारेगा।"

"क्यों? अब ऐसा क्या हो गया?"

"एक वर्ष जेल में रहने के बाद, अब जाकर जेल से बाहर आया है। मैंने सोचा, अब ठण्डा हो गया होगा। जेल से तो ऐसे समय में रिहा हुआ है! सन इकहत्तर में। बस, यूनियन में मार-पीट करके, वह जेल गया था।"

"छात्र यूनियन में मार-पीट किया, इसलिए जेल चला गया?"

"सन्तोष ने मन्त्री के भतीजे को मार-मारकर तख़्ता बना दिया। वह लड़का को-ऑपरेटिव मन्त्री का भतीजा है। स्वास्थ्य-मन्त्री की बहन का दामाद है। उस कमबख़्त का एक हाथ चला गया। कॉलेज का दरवाज़ा तो कभी का बन्द हो गया।"

"उसके बाद?"

"सन्तोष तो जेल से बाहर आते ही, फिर हीरो बन गया है। उधर वह लड़का, मन्त्री का भतीजा बदला लेने को आमादा! वह सन्तोष को लाश बनाएगा ही बनाएगा। उसके दोस्त ने कहा कि सन्तोष कुछ दिनों के लिए बाहर चला जाए। मैंने उसे आगरा भेज दिया। पता है, क्या किया उसने?"

"क्या किया?"

"वह आगरा नहीं गया। हरिपुरा में ज़मीन के लिए, उखाड़े गये किसानों को लेकर, ज़मीन-मालिकों से जो लड़ाई हो रही है, वह उस लड़ाई में शामिल हो गया।"

"हाँ, हाँ, गिधानी में जो लड़ाई हो रही है, उसमें?"

"हाँ, उसी में!"

"वहाँ तो ढेरों पुलिस पहुँच रही है।"

"अब, क्या किया जाये? मेरी तो सरकारी नौकरी है, नौकरी चली जाएगी। चलो, वह भी ठीक है। मुझे जो रुपये मिलेंगे, उससे दुकान खोल लूँगा। लेकिन, उसे तो जान से मार देंगे न? गाँव-देहात के नियम-मुताबिक उसका ब्याह हो चुका है! बेहद कमउम्र, नाजुक-कोमल-सी बीवी है उसकी।"

"अब, क्या उपाय?"

"हाँ, अब कुछ भी करने का उपाय नहीं। जेल में वह उस कामता प्रसाद के दल में भिड़ गया, उन्हीं लोगों ने उसे तोड़ लिया। हाँ, हाँ, मानता हूँ, उन

सब लोगों की बातें बेहद भली हैं। जिसके पास ज़मीन नहीं है या जिसकी ज़मीन छीन ली गयी है, उसे उसकी ज़मीन मिलनी चाहिए, यही उचित है! लेकिन, उचित काम करने के लिए, मार खानी पड़ती है।"

"वाकई चिन्ता की बात है।"

"आज मैंने यह बात क्यों कही?" अचानक अप्रासंगिक लहजे में वीरेन्द्र ने कहा, "सन्तोष जाने क्या-क्या तो बातें करता है, उन बातों का मतलब, क्या वह खुद भी समझता है? कहता है, मैं डरपोक हूँ। मेरा बाप तो मर गया। हमेशा से यही सुनता आया हूँ, खुद भी यही जानता हूँ कि सन्तोष के भेजे में काफी बुद्धि है। ठीक है! मामा लोगों की दुकान में आटा पीस-पीसकर मैंने आइ ए पास किया। इस-उस को तेल लगाकर, हाथ-पैर पकड़कर नौकरी में घुस गया। सात बरस से इस नौकरी में हूँ..."

"हाँ, उसी समय तो हमारी जान-पहचान हुई!"

"हाँ, याद है।"

"मुझे भी तो चपरासी की नौकरी देना चाहते थे।"

"हँसो मत, प्रसाद! इस ज़माने में चपरासी भी कुछ कम नहीं हैं, जी! हम जैसों को रुपइये उधार देते हैं।"

"हाँ, अपने रुपये ब्याज पर चढ़ा देते हैं और कोई-कोई ज़मीन खरीद लेते हैं।"

"हाँ, बताओ?"

"सुख में ही था, बिरादर! माँ को शान्ति दी। बहन-भाइयों का ब्याह किया। कच्ची ईंट का ही सही, फिर भी...राँची में एक घर बनवा लिया। जेठू ने दया करके, मेरे बप्पा के हिस्से की थोड़ी-सी ज़मीन भी दे दी। सन्तोष उन दिनों कॉलेज में पढ़ रहा था। वैसे वह अपनी छात्रवृत्ति के रुपयों से ही पढ़ रहा था। लेकिन मुझे लगता है कि मैंने यथेष्ट किया! बहुत किया।"

"हाँ, सो तो किया।"

"सन्तोष कहता है कि मैं मन-प्राण से गुलाम बन गया हूँ। उसे भी गुलाम बनाना चाहता हूँ। जो क्रान्तिकारी होते हैं, वे यह सब नहीं करते।"

"अरे, भइया, वह क्या यह सब समझता है?"

"उसे मैंने अगर अपने पास रखा, तो वह लड़का उसे मार डालेगा।

उसका एक हाथ नहीं है, अपाहिज है वह! पढ़ाई-लिखाई में गोबर-गणेश है। कैसे पास किया, वही जाने। लेकिन, अब, उसके पास बस, टैक्सी, रेलवे में ठेकेदारी का लाइसेंस है, उसके यहाँ तीन-चार सौ लोग मजदूरी करते हैं। इधर मैंने कितनी-कितनी कोशिश करके, उसे आगरा भेजा। उसी के ममिया ससुर के पास। लेकिन वहाँ न जाकर, वहाँ जाकर बैठ गया वह, तुम ही कहो? वहाँ भी वह मरेगा।"

"वह मरेगा ही, यह तुमने कैसे मान लिया?"

"पुलिस तो यहाँ सन्तोष के लिए गयी नहीं, गयी है कामता प्रसाद के लिए! कामता प्रसाद उसी मुसहर-आन्दोलन के दिनों से ही भागा-भागा फिर रहा है न? एक तरफ फरार है, दूसरी तरफ लड़ाई जारी रखे हुए है।"

"उसे लौटा लाया जा सकेगा, ऐसा लगता नहीं।"

"न्ना! चलो, छोड़ो! हाँ, तो जाने क्या तो मैं कहना चाहता था।"

"कहो न!"

"तुम जो कह रहे थे, क्या तो नाम था उसका?"

"उधारचन्द दुसाध!"

"भइया, वह तो श्रेणी-बाहर हो गया है—"

"मसलन्..."

"अब वह दुसाध नहीं रहा, क्योंकि ज़मीन पर खेत-मजूरी, मालिक के लिए बेगार खटना—इस सबमें भी अब, वह नहीं रहा। अपना गाँव छोड़कर चला आया है। अगर वह किसी कारखाने या कोलियरी में चला जाता, तो उसे एक समाज मिल जाता। वहाँ वह कुली बनकर मेहनत-मशक्कत कर लेता! गाँव में मालिक का जुल्म। वहाँ ढेकेदारों का जुल्म। यहाँ वह अकेला है।"

"यह बात तो सच है।"

"नवरतनगढ़ में रुपये, मिल्कियत, सबकुछ राज परिवार, उच्च वर्ण के पास है। वह अकेला है। कोई नया काम करके, उसके हाथ में कुछ पैसे आ गये हैं। हालाँकि ये पैसे बेहद मामूली हैं, लेकिन उसकी नज़रों में काफी होते हैं। उसकी मानसिकता बदलती जा रही है।"

"हाँ, अगर वह गाँव में होता, तो साले का बेटा, उसके परिवार का ही एक अंग होता। यहाँ वह उसका नौकर बन गया है।"

"नौकर! हाँ, जैसा कि मैंने कहा! गाँव में रहता, तो सबके साथ मिलकर, वह एक हो जाता। सामाजिक दायित्वबोध जो रहता है। यहाँ वह जड़ से उखड़ा हुआ है, अपने वर्ग से छूटा हुआ। यहाँ वह अजीब स्थिति में है।"

"और वह शादी का मामला? भगवती-सुलक्षणी लड़की?"

वीरेन्द्र ने लम्बी उसाँस भरकर जवाब दिया, "एक तो यह भारतवर्ष है। उस पर से जहाँ राजा-ज़मींदार मौजूद हों, वहाँ इतने सारे अन्धे और गलीज संस्कार बसे होते हैं कि वहाँ की बद्ध हवा कभी शुद्ध-साफ नहीं होती। वैसे संस्कार तो सभी में होते हैं! कितने ही संस्कार! इन सब जगहों में तो और ज़्यादा होते हैं। यह कोई काम जैसा काम नहीं होता। इन सब बातों के जाल, इनसान के मन को और अधिक बाँधे रखते हैं।"

"लेकिन, वह तो अछूत है। दुसाध है!"

"राजा शायद नरबलि में विश्वास करते हैं, वह, भगवती-सुलक्षणी लड़की में विश्वास कर बैठा है। इस किस्म की बातें, अगर उसने गाँव में बैठे-बैठे सुनी होतीं, तो वह हरगिज माथापच्ची नहीं करता। अपने काम पर चला जाता। यहाँ तो उसे समय मिलता है और अलौकिक में विश्वास करने की प्रवृत्ति, शायद कमजोर लोगों में ही होती है।"

"अब, क्या किया जाये? शिक्षा दी जाए, तो यह सब जाएगा भला?"

"कौन-सी शिक्षा, बिरादर।"

"यही अ-आ, क-ख, एक-दो-तीन?"

"अरे, भइया, तुम्हारी भारत सरकार प्राथमिक शिक्षा को अनिवार्य घोषित करके गरज-तरज सकती है, लेकिन, रोजा-ओझा-डायन-दैवी-शक्ति को अस्वीकार करना नहीं सिखा सकती। प्राथमिक शिक्षा। हिन्दू वर्ण का मास्टर, तफसीली लड़कों को देखकर, उसे स्कूल के अन्दर घुसने नहीं देता, प्राथमिक शिक्षा।"

प्रसाद हँस पड़ा।

"हँस क्यों रहे हो?"

"सन्तोष ने तुम्हारी मानसिकता ही बदल दी है।"

"सन्तोष? ना-ना! धन्यवाद, साहब, नहीं! नहीं! मैं इस विभाग में ही काम जो करता हूँ। सरकार की बकवास परिकल्पनाओं की जय-जयकार करके, उसे लाँघकर योजना-विकास में दो नम्बर अधिकारी क्या मैं नहीं बना?

क्या मैं टूर पर नहीं जाता? क्या मुझे अपनी आँखों से दिखाई नहीं देता? मैं खुद भी तफसीली हूँ और आदिवासी विकास के नाम पर, रुपयों की जो अनाप-शनाप फिजूलखर्ची होती है, वह क्या मैं नहीं देखता?"

"हाँ तो उसके बाद?"

"मैं जो कह रहा हूँ, अपनी आँखों से देखकर कह रहा हूँ। सन्तोष जितनी सुविधा मुझे नहीं थी। पड़े-पड़े मानसिकता तैयार करूँगा, क्रान्ति की ज़रूरत क्यों है, यह समझूँगा! न्ना! मैंने जो देखा, अपनी ही आँखों से देखा। और जो देखता हूँ..."

इतनी देर बाद, वीरेन्द्र ने एक सिगरेट सुलगा ली।

थोड़ा ठहरकर, उसके चेहरे पर डरपोक-सी और सकपकायी-सी हँसी फिर आयी, "मेरा बेहद मन था कि खुद ही पढ़ाई करूँ और गुपचुप इम्तहान दे डालूँ, बी ए पास करूँ, एम ए पास करूँ...लेकिन, कुछ भी नहीं हुआ।"

"घर में कितने लोग खाना खाते हैं?"

"माँ, बीवी और बेटा! सन्तोष की बीवी! सन्तोष तो..."

"अच्छा, अब सो जाओ—"

"हाँ! काफी सारी बातें कर लीं।"

प्रसाद ने कहा, "देखो, फुर्सत मिलते ही आ जाया करो।"

"सुनो, तुम्हें और तरह का बनने को मन नहीं करता?"

"ना! मैं तो तुम्हारे मुक़ाबले और भी नजदीक से ज़िन्दगी का नया रूप देखता हूँ—"

अगले दिन वीरेन्द्र चला गया।

वह प्रसाद को उधारचन्द की समस्या समझा गया। उधारचन्द बिल्कुल अकेला पड़ गया था। आमतौर पर सभी दुसाध या गंजू या उसी क़िस्म की अन्य जातियों की मौलिक समस्याएँ एक जैसी होती हैं। उधारचन्द इन दिनों भासमान था। अपनी जड़ से उखड़ा हुआ! लगन के मौसम में सुरसतिया और उधारचन्द का विवाह हो गया। उधारचन्द के हाथों अपनी बेटी देने की खुशी में, सुरसतिया का बाप आत्महारा हो आया और उसने अपनी ज़रा-सी ज़मीन भी गजमोती के यहाँ बन्धक रख दी और कर्ज़ के रुपये के दम पर वह महाखुश-खुश निःस्व और रंक हो आया।

तीन

विवाह के फौरन बाद, सुरसतिया लोगों के सुदिन वापस नहीं लौटे। न सुरसतिया के परिवार की तकदीर चमकी, न उसकी। बेटी को ब्याहकर, कालिया दुसाध दो-चार दिन खूब उछलता-कूदता फिरा।

"बुढ़वा दूल्हे से बेटी को ब्याह दिया, अच्छा किया। खूब अच्छा किया।"

विवाह का सारा ख़र्च उधारचन्द ने दिया था। गौने का ख़र्च भी वही देगा।

उधारचन्द की बीवी ने पूछा, "अब क्या करोगे?"

"क्यों?"

"अब, खाएँगे क्या? काम-काज कहाँ है?"

"मालिक है न!" यह बात उसने बेहद धीमे लहजे में कही, यानी मालिक का दरवाज़ा पकड़ने की, उसे कोई ज़रूरत ही नहीं है।

बीवी ने गाल पर हाथ रखकर सवाल किया, "हाँ, जी, धनुवा के बप्पा, तुम्हारा क्या दिमाग़ ख़राब हो गया है? उधारचन्द ने तुम्हारी छोटी बेटी से बियाह किया है, इससे तुम्हारा-हमारा क्या? बख़्त आएगा, तो वह अपनी मेहरिया को ले जाएगा। मालिक नहीं देखेंगे, तो हम लोग खाएँगे क्या? कितनी बड़ी औकात है तुम्हारे उधारचन्द की? वह क्या हम लोगों को भी पालेगा-पोसेगा?"

उसी समय कालिया की बीवी लम्बे-लम्बे डग भरती हुई मालिक की कोठी तक पहुँच गयी। गजमोती सिंह विधुर था। वह बूढ़ा हो गया था, मगर उसके रग-रग में बदमाशी भरी हुई थी। अभी भी वह अपनी मुसलमानिन प्रेमिका के पास आता-जाता था। वह प्रेमिका भी धर्मप्राण थी। वह मालिक को अक्सर सुनाती थी, "तुम अब, किसी और को देख लो, मुझे अब अपना धर्म-कर्म करने दो।"

गजमोती उसकी बात पर कान नहीं देता था। वह उस सिन्दबाद के बूढ़े की तरफ, उस लड़की के कन्धे पर सवार रहता था।

गजमोती की गृहस्थी की मालकिन थी, उसके बेटे, सागर सिंह की पत्नी। कालिया की पत्नी ने उसी के सामने धरना दिया। सागर की बीवी ने झुँझलायी हुई मुद्रा में उसे एक कुरुई बाजरा दे दिया।

उसने कहा, "काम? तू क्या काम करेगी? घर का काम तुझसे नहीं होगा।"

"हम आपके बाग़-बगीचे में झाड़ू-बुहारू कर देती।"

"उसके लिए तो आदमी है। हाँ, अभी, बर्तन-बासन माँजने के लिए आदमी चाहिए। पानी-वानी भरने के लिए भी।"

"आप मालिक से कहें न। अगर उनकी किरपा हो जाए।"

नाक की नथनी गढ़ाने के लिए कहने पर, सागर की बहुरिया को काफी बात सुननी पड़ी थी, इसलिए मन-मिज़ाज बिगड़ा हुआ था।

उसने झुँझलाकर कहा, "मालिक से कहूँ? मैं खुद ही इस घर की नौकरानी के अलावा और कुछ हूँ भला? मेरी बात भला कौन सुनता है?"

कालिया की बीवी बोल उठी, "यह कैसी बात है, बिटिया? तुम तो लछमी हो। तुम ई कोठी में आयीं, तो समुच्चा घर जैसे हँस पड़ा। तुम बड़े घर की बेटी ठहरीं! किसकी मजाल है कि तुम्हें दासी रखे?"

सागर की बीवी ने और एक कुरुई बाजरा उसके आँचल में उड़ेल दिया।

थोड़ा-सा बाजरा घर में लाकर, बीवी ने कहा, "मैंने तो एक वेला का इन्तजाम कर लिया..."

"मैं भी देखता हूँ!"

अगले दिन कालिया नवरतनगढ़ पहुँच गया। उसने मन ही मन सारे संवाद सजा लिए—उतनी नान्ही-सी बेटी आखिर तुमसे क्यों ब्याही? तुम्हारे पास बकरियाँ हैं, हाथ में पैसा है। हम भी असमय थोड़ा-बहुत आहार पा सकूँ, इसीलिए तो तुमसे अपनी बेटी ब्याही है? अब, लाओ, कुछ तो दो।"

उधारचन्द ने उसकी तप्त उम्मीदों पर ठण्डा पानी उड़ेल दिया। वैसे कालिया ने काफी व्यवस्थित ढंग से बात छेड़ी थी। आगे बताया कि उसने अपनी ज़मीन बन्धक रख दी है, अब, उसके पास मेहनत-मजूरी का भी काम नहीं है। वैसे अब फसल-कटाई का दिन नजदीक आ रहा है। अभी उसे भीषण कड़की है। भर पेट आहार भी नहीं जुट पा रहा है।

उधारचन्द भड़क गया, "ब्याह का खर्चा-पानी तो मैंने दिया। किस अक्ल से तुमने अपनी ज़मीन गिरवी रख दी? मैंने तुमसे ज़मीन गिरवी रखने को कहा था?"

"अरे, भई, तुम जैसे मानी आदमी का मान रखने के लिए ही..."

"तुमने जो किया, अपनी बुद्धि से किया। इसमें मैं क्या करूँ?"

"तुम तो गुस्सा हो गये।"

"देखो, इस मौसम में खेत-ज़मीन पर मजूरी का काम रहता नहीं। इस मौसम में तो भर पेट खाना भी नहीं जुटता। देखो, फिर भी मैंने तुम्हारी बेटी से शादी कर ली। ऐसा अभाव तो तुम्हारे घर, साल-दर-साल रहेगा। बरस में नौ महीने तुम लोगों को भर पेट खाना नहीं जुटता। लड़की तो हमारे यहाँ बाद में आएगी। अब, जितने दिन नहीं आएगी, उतने दिनों क्या मैं इतने सारे लोगों का, बरस में नौ महीने पेट भरता रहूँगा? मैं क्या कोई मालिक-महाजन हूँ?"

कालिया बेतरह चुपस गया। राँका का पकाया हुआ, कुंदरू की सब्ज़ी-रोटी, खूब अच्छी तरह खाकर भी उसके मन की विमर्षता नहीं कटी। अगले दिन उधारचन्द ने उसे खाली हाथ विदा नहीं किया। उसे बाजरा दिया और दो रुपये भी थमा दिये।

उसने कहा, "और कुछ नहीं दे पाऊँगा।"

"सुरसतिया भी तो बिना खाये रहेगी।"

"अन्याय! लड़कियों का जब तक गौना नहीं होता, उनका खाना-ख़र्च क्या दामाद देते हैं? तुम नया हिसाब कस रहे हो?"

घर लौटकर कालिया ने बाजरा अपनी बीवी को सौंप दिया और एक रुपया भी थमाकर उसने कहा, "एक रुपइया हम रखता हूँ। तूने ठीक ही कहा था। सुरसतिया का बियाह अगर उस बुड्ढे से न करते, तो अच्छा होता।"

कालिया की बीवी सीधी-सादी समझ की औरत थी।

उसने कहा, "चलो, छोड़ो यह बात। मालिक के पास चले जाओ। इतने दिनों हम उनके ख़रीदी गुलाम थे। उनके यहाँ फसल काटेंगे। मजूरी लेंगे। हमारा एक हक़ तो बनता ही है न।"

सागर सिंह ने पूछा, "मेरे पास क्यों?"

"और किसके पास जावें, मालिक?"

"दामाद के पास गया था न?"

"कुछ ना दिया, मालिक।"

"अब मैं तुम लोगों को नहीं ले सकूँगा भला? मेरे पास बहुतेरे खेत-मजूर हैं।"

"यह कैसी बात, हुजूर! गरीब पर किरपा करें, मालिक।"

"पता नहीं क्या हुआ है, दुमका-पूर्णिया में। वहाँ जितने पाजी-बदमाश हैं, पुलिस सबको मार-मारकर खदेड़ रही है। भागे हुए लोग इधर-उधर पहुँच रहे हैं। चार आने थमाते ही, वे धान काटकर ढेर लगा देंगे।"

"हमें काम नहीं मिलेगा, मालिक?"

"ना! ना! तुम सब बहुत खच्चर हो। काम में भी चकमा देते हो। चार आने रोज, एक वेला जलपान, एक पौव्वा! करेगा काम?"

"हर बरस ही तो आठ आने देते हो, मालिक, और आधा सेर सत्तू देते हो। इस बार क्या हो गया?"

"इस बार आधे ख़र्च पर खेत-मजूर मिल रहे हैं।"

यह बुरी खबर नाढ़ा गाँव के खेत-मजूरों में आग की तरह फैल गयी। अब जाकर उन लोगों को अन्यान्य दुसाध-गंजू-भंगी लोगों की याद आयी। अभी कुछ ही बरस तो बीते हैं। गणेश सिंह के अत्याचार से वे लोग भड़क गये थे। इससे पहले ही वे लोग उजाड़ दिये गये और वे सब उस जंगल से बाहर चले गये। जंगल महल की सीमा पर। गणेश को तो उन लोगों ने मार ही डाला। काफी लम्बी कहानी है। उस समय इस प्रसाद ने उन लोगों की काफी मदद की थी।

कालिया ने कहा, "प्रसाद जी से पूछूँ?"

"वह क्या कहेगा?"

"वह क्या कहेगा, यह भला हम क्या जानें?"

कालिया अन्य दो जन के साथ प्रसाद के यहाँ पहुँचा।

प्रसाद ने कहा, "तुम सब एकजुट होकर जाओ। कहना, जितने दिन वे लोग नहीं आते, हम सब काम करते हैं और अगर तुम लोग वह मजूरी मान लो, तो..."

"आजकल तो चार आने में कुछ मिलता भी नहीं।"

"यह मैं जानता हूँ और यह भी जानता हूँ कि सरकारी रेट तो दूर की बात है, वह जो देता था, अब वह भी नहीं देगा। रेट अगर कम हो जाए, तो दोबारा नहीं बढ़ता।"

"तब और क्या उपाय है?"

कालिया के बेटे, धनुवा ने कहा, "इसीलिए वो गाँव से सब उजड़ रहे हैं। पहले हम सबको फिर भी काम मिल जाता था। अब बाहर से खेत-मजूर आ रहे हैं।"

"आ तो रहे हैं।"

"उनके गाँव-देहात का धान-अनाज कौन काट रहा है?"

"यह कौन बताएगा?"

"अब, किया क्या जाये?"

"तुम लोग आज जाओ। मैं देखता हूँ। परसों आना।"

प्रसाद उस वक्त बेहद तटस्थ और निर्बान्धव था। प्रशासन में कांग्रेस का रौब-दाब था। भूमि-मजूर सहाय समिति या उसी तरह की दो-एक अन्य आंचलिक समितियाँ आजकल लुक-छिप गयी थीं। इन दिनों जो भी मज़दूरों का स्वार्थ देखेगा, वही पकड़ा जाएगा। अब किया क्या जाये?

प्रसाद सड़क-ठेकेदारों के पास जा पहुँचा। उनके सामने ढेरों बातें ख़र्च करनी पड़ीं। उसके बाद, जाकर, एक बात पक्की हुई।

प्रसाद ने कालिया लोगों से कहा, "टाइ के उस तरफ, जो बस-सड़क है, वहाँ माटी काटने और पत्थर बिछाने का काम है। मर्द लोग वहाँ चले जाओ। हर दिन एक रुपइया दिहाड़ी। जलपान नहीं मिलेगा। लगता है, लगभग सोलह लोगों का काम है।"

"हम तो तीस लोग हैं।"

"नाम बताओ।"

प्रसाद ने सारे नाम लिख लिए।

उसके बाद उसने कहा, "अपने-अपने दल में एक-एक औरत को भी ले लो। पहले दिन सोलह जन जाओ, दूसरे दिन बाकी सोलह जन जाना।"

"औरतें?"

"भई, इससे ज़्यादा तो मैं और कुछ नहीं कर पाया।"

गजमोती सिंह अत्यन्त प्रसन्न था। उसे उम्मीद थी कि भूख-प्यास से व्याकुल, दुसाध लोग अन्त में शायद सिर्फ जलपान लेकर ही उसके धान की कटाई कर देंगे। लेकिन, उसे पता चल गया कि प्रसाद की कोशिश से वे लोग सड़क बनाने के काम में लगे हैं। वह भयंकर गुस्से में दहक उठा।

उसने सागर सिंह से कहा—गणेश सिंह बहुत ज़्यादा सख्ती दिखाने चला था, खुद तो बेमौत मरा ही, मेहनत-मशक्कत करनेवाले मजूर-मजूरिनियाँ भी यहाँ से खिसक लीं। तुम्हारे ही कहने पर मैं उन लोगों से मुँहजोरी करने गया। अब हो गया न झमेला।"

"झमेला क्या हुआ? आप सबकुछ मेरे ऊपर छोड़ दें।"

"क्या करोगे तुम?"

"देखता हूँ।"

सागर सिंह यथासमय नाथू सिंह के पास जा पहुँचा।

नाथू और चन्द्रभान ने कहा, "इतनी फ़िक्र और परेशानी की क्या बात है? नवरतनगढ़ में भुजा सिंह का वह वकील है न? उसका दामाद अमीन है और दामाद का भाई कुली-मजूर जुटानेवाला ठेकेदार है। वही तो खेत-मजूर ला रहा है, भइये।"

"रेट कितना देता है?"

"और कितना? आठ आने। चवन्नी उनकी, चवन्नी ठेकेदार की। वह आदमी इसी तरह उन लोगों से काम करा रहा है। अन्त में खदान में पहुँचाकर फूट लेगा।"

"चलो, शुक्र है! गाँव के दुसाध लोगों को लेता, तो उन कमबख्तों का तेज़ बढ़ जाता। देंगे क्यों नहीं? ठेकेदार को देंगे।"

इसी तरह सारी व्यवस्था हो गयी। कालिया दुसाध लोग सड़कों की मरम्मत के काम में चले गये। सुरसतिया जैसी छोटी-छोटी लड़कियाँ और लड़के इस इन्तज़ार में थे कि जब धान-कटाई होगी, वे लोग खेत की झरी हुई फसलें बटोर लाएँगे।

धान का काम-काज ख़त्म होते-न होते जाड़े का मौसम आ पड़ा। धीरे-धीरे जंगली बेर पक गये। शरत् में जो आँवले फल-फूल रहे थे, वे सब झरकर पेड़ तले बिछे हुए थे। सुरसतिया अन्यान्य लड़कियों की तरह टोकरी और लाठी लेकर जंगल में पहुँच जाती थी। वह पके हुए बेर इकट्ठा करती थी। उसकी माँ की तरह अधेड़ औरतें, वे बेर लेकर तोहरी आती थीं और बेर बेचती थीं।

एक दिन सुरसतिया ने बेर की टोकरी और सूखी लकड़ियों का गट्ठर

अपने सिर से उतारा ही था कि उसने देखा, कोई अनजान-अचीन्हा एक लड़का, एक छोटी-सी कठौती लेकर बैठा हुआ है।

"कौन है रे, तू? यहाँ क्यों बैठा है?"

"मैं राँका दुसाध हूँ।"

"यह भला कौन है?"

धनुवा बहू ने हँसकर बताया, "पगली कहीं की! इसी से तो तोरा लगन होनेवाला था। लेकिन तोरी किस्मत में तो वह बुड्ढा लिखा था। अब, क्या उपाय?"

"क्यों, आया है?"

"देख न, तोरे दूल्हे ने तोरे लिए कुछ भेजा है।"

बाजरा, थोड़े-से अरवी और मिर्च!

धनुवा की बीवी ने कहा, "सुरसतिया, जा तो एक बार दुकान चली जा और नमक ले आ।"

"पइसा?"

"वे लोग आवेंगे, तो दे आना।"

कठौती खाली करके, धनुवा की बीवी ने राँका को लौटा दिया। नमक डालकर चाय बनायी। आजकल वे लोग ऐसी चाय खूब पीते थे। बाल-बच्चे भी! सुबह-सुबह काफी सारी नमकीन चाय पी लेने से, भूख कम लगती थी। नमक, चूरा चाय में भुट्टे का मुट्ठी भर सत्तू उबाल देने से, गोद का बच्चा भी मजे से खा लेता था।

गहरे कौतूहल से सुरसतिया को निहारते हुए, राँका नमकीन चाय पीता रहा। यहाँ वह बेहद सहज और स्वच्छन्द महसूस कर रहा था। आजकल वह उधारचन्द से बिल्कुल नौकर जैसा बर्ताव पाता था। उधारचन्द के बेटों से उसका सहज सम्पर्क था। लेकिन, जब बाप-बेटों का रिश्ता ही चुक-चुका गया, तो राँका भला उन लोगों का कौन होता था? मामा का बेटा। ममेरा भाई।

सुरसतिया लोगों की बेशुमार दरिद्रता में वह बेहद सहज महसूस कर रहा था। हाँ, यही तो थी, दुसाध लड़के की जानी-पहचानी दुनिया! टूटी-फूटी मड़ैया की छाजन पर बाँस का ठेकना, कुम्हड़े की लतर के मचान पर कालिख-लिपटी हाँडी टँगी हुई! नंगा, मरगिल्ला, पेट-फूला शिशु बकैंया-बकैंया

चलता हुआ। राँका समझ रहा था कि उसकी स्थिति इन लोगों से काफी बेहतर है। इन लोगों को बस, खाने भर की खुराक और तन ढकने जितना कपड़ा नसीब होता है।

कठौती लेकर उठकर खड़े होते समय उसने सुरसतिया को आवाज़ दी, "एइ, सुन, सुन ज़रा! ज़रा सुन जा!"

"क्या हुआ? क्या बात है?"

चलते-चलते राँका ने उसके हाथ पर एक रुपया टिका दिया।

उसने कहा, "यह रुपया उसने तुम्हें दिया है।"

"किसने?"

"तुम्हारा दूल्हा।"

"तुम क्यों कह रहे हो?"

"तुम मेरे फूफा की बहू जो हो।"

"तुम्हारी कौन हूँ?"

"बुआ!"

"ऐसा कैसे हो सकता है?"

राँका ने सुरसतिया को एक अमरूद थमा दिया। अमरूद, वह अपने खाने के लिए लाया था। लेकिन उस लड़की को देखकर, उस पर, उसे ममता उमड़ आयी।

"यह बेरी तुम कहाँ ले आयीं?"

"उस जंगल से।"

"अच्छा, अब जाओ, घर जाओ।"

"तुम भी जाओ! बाजरा लेकर दुबारा आना।"

"अरे, मैं क्या लाने का मालिक हूँ? वह देगा, तो ले आऊँगा।"

सुरसतिया दौड़ गयी और उसने वह एक रुपया, धनुवा की बहुरिया को थमा दिया। उसके बाद, वह आँगन में चली आयी और धारी काटकर इक्का-दुक्का खेलने लगी। सुरसतिया की माँ जब लौटकर आयी और उसने सारा किस्सा सुना, तो वह अवाक् रह गयी।

उसने कहा, "बप्पा रेऽ, कैसा चशमखोर बुड्ढा है। पिछली बार, हटिया में तीन-तीन बकरी बेच दी। बेटों से भी कोई रिश्ता-नाता नहीं रहा। एक

दुधारू बकरी ही हमें दे देता, तो हम सबके लिए सुराहा हो जाता। उसके रुपइये तो यह राँका ही खावेगा।"

सुरसतिया ने अपने ललछौंहे बाल झटकारकर कहा, "न्ना! न्ना!"

"जरूर वही खावेगा।"

"राँका बहुत भला लड़का है।"

"कैसे, रे?"

"उसने मुझे अमरूद जो दिया।"

राँका ने बेहद व्यवस्थित ढंग से सुरसतिया के बारे में बताया। उसकी बातें सुनकर उधारचन्द मन ही मन सोचता रहा।

उसने कहा, "क्या किया जाए, बता तो?"

"मैं क्या बताऊँ?"

"उस कमबख़्त कालिया ने अपनी ज़मीन रेहन रख दी थी।"

"अब, वह ज़मीन वापस नहीं मिलने की।"

"उस वक्त वह मेरे पास आया था।"

"हाँ, देखा था मैंने।"

"मैं उन सबको भला क्यों खिलाऊँ-पिलाऊँ? बीस-पच्चीस बकरी-पाठा को क्या सम्पत्ति कहते हैं?"

"तो ज़मीन खरीद लो न!"

"ज़मीन? ज़मीन की बात कौन करता है? मैं तो यह कह रहा था कि हर कोई मेरे पास, रुपइयों के लिए ही आता है। इसीलिए सब बेटे भी आये थे।"

"अब तो वे लोग तोहरी की तरफ भी नहीं आते।"

"तू भी तो पड़ा हुआ है..."

"तुम मुझे रुपये कहाँ देते हो?"

"रुपये लेकर क्या करेगा? रुपये? खाने को मिलता है, कपड़ा-लत्ता मिलता है। कालिया की बेटी जब यहाँ आ जाएगी, तो तेरी भी शादी कर दूँगा। तुझे बकरी दूँगा। कहीं बसा दूँगा।"

"मैं जाता हूँ..."

"क्यों?"

"साँझ हो आयी! बकरियों को गिनकर, तबेले में घुसाना होगा।"

"बड़ी तकलीफ़ से यह सब जुटाया है। तेरे आने के बाद, ज़रा आराम मिला है। लेकिन...आराम करने की बात पर ख़याल आया...सुना है, आजकल तू डॉक्टर बाबू के यहाँ, थाने के सिपाहियों को, वकील बाबू के घर, घास बेचने लगा है?"

"हाँ! ज़रूर! बेचने तो लगा हूँ।"

"आँय? कब से?"

"बहुत दिनों से!"

"मेरे काम-काज में फाँकी मारकर?" उधारचन्द जैसे किसी मालिक-महाजन की आवाज़ में गरज उठा।

राँका भी किसी दुसाध की तरह डर से सिमट नहीं आया।

उसने कहा, "फाँकी मारकर? अगर मैं फाँकी मारता, तो पाठा-बकरी, ऐसी मोटी-मुटल्ली होतीं? इतने महँगे दामों में बिकतीं? इनके पीछे कितनी जी-तोड़ मेहनत करता हूँ, नहीं जानते?"

"अरे, भई, यह तो मैं जानता हूँ।"

"तुम खाना देते हो, कपड़े-लत्ते देते हो।"

"वह तो देता हूँ।"

"लेकिन पैसे एक नहीं देते। इसलिए जब बकरियाँ चराने जाता हूँ, तो घास भी काटता हूँ और बेच देता हूँ। उन पैसों से बीड़ी-माचिस, बालों के लिए तेल ख़रीदता हूँ।"

उधारचन्द को राँका के जवाब काफी हट्टे-कट्टे जान पड़े।

उसने पूछा, "कितने दिनों से घास बेच रहा है?"

"बहुत दिनों से।"

"कितने पैसे बन गये?"

"पाँच सौ रुपये।"

ज़ाहिर था, काफ़ी गुस्से में जवाब दिया गया था।

उधारचन्द ने कहा, "गुस्सा क्यों होता है? अच्छा करता है, बहुत अच्छा करता है। चल, वह गमछा पकड़ा! दूध के काफी सारे दाम बकाया हो गये हैं।"

बकरी का दूध वाकई काफी ऊँचे दामों में बिकता था। बारह आने सेर! उधारचन्द डाक बाबू के कमरे में चला आया।

दूध के हिसाब के रुपये लेते-लेते उसने कहा, "आजकल के लड़के आसानी से भड़क उठते हैं।"

"क्यों?"

"वो राँका है न.....!"

"उसने क्या किया? वह तो बेहद शान्त लड़का है!"

उधारचन्द सारा क़िस्सा बयान कर गया।

सारी बात सुनकर डाक बाबू ने कहा, "यह तो सही बात नहीं है, उधारचन्द!"

"क्यों? मैंने ग़लत क्या कहा?"

डाक बाबू का अस्थायी डाक घर अब उठकर, कहीं अन्यत्र जानेवाला था। गंज टाउन में। इस बात से वह बेहद खुश थे। कई साल पहले जो लोग राजा थे, वे लोग चाहे जितने भी छोटे राजा हों, कैसे अजीब जीव हो सकते हैं, यह बात उन्होंने पहले बिल्कुल नहीं समझी थी।

लोग-बाग़ उधार में दाल-मसाले ख़रीदते हैं। भुजा सिंह के सिपाही उधार पर लिफ़ाफ़ा-पोस्टकार्ड खरीदते थे। दो वर्षों में इस बावद वे अपनी जेब से छप्पन रुपये हरजाना भर चुके थे। सिपाही सारे मुसतंडे जवान थे। बेहद असभ्य और बर्बर। वे लोग कभी-कभार पूजा वगैरह भी करते थे, उसमें चन्दा देना पड़ता था। उन्होंने ट्रान्सफर लेने की भी कोशिश की थी, लेकिन अब तो वह डाकघर ही उठ जानेवाला था।

उधारचन्द की बातें उनके कानों तक पहुँची ही नहीं।

"क्या मास्टर-साब, मैंने ठीक नहीं कहा?"

"नहीं, नहीं, तुम उसे पैसे नहीं देते। वह लड़का भूतों की तरह, जी-तोड़ मेहनत करता है। अपनी मेहनत से जंगल से घास काटकर लाता है और बेचता है। तुम इसे लेकर उस पर डाँट-डपट क्यों करते हो? लगता है, तुम्हें इस जगह की हवा लग गयी है।"

"मैं उसकी देखरेख करता हूँ, उसे अपने पास रखता हूँ। उसे खिलाता-पिलाता हूँ।"

"अरे, मेरे बाप, बीड़ी पीने में भी तो पैसे लगते हैं।"

"चलें, छोड़ें, लाइए, दूध के पैसे दीजिए!"

"लीजिए–"

"आप चले जाएँगे, मास्टर, साब?"

"डाक घर जो उठ जाएगा।"

"जी-हाँ, सुना है–"

"कई स्टेशन बाद ही पड़ता है, लखीमपुर।"

"मास्टर' साब, वह जगह क्या इतनी अच्छी होगी?"

"भई, यह सब जगह, हमें सूट नहीं करता। यहाँ बच्चों के पढ़ने-लिखने का कोई इन्तज़ाम नहीं है।"

"हाँ, आप लोगों को इन सबकी तो ज़रूरत पड़ती ही है।"

कई दिनों बाद भकील ने भी उधारचन्द से कहा, "यह कैसी बात है, जनाब? वह लड़का इतनी मेहनत से घास लाता है। दो-चार पैसों में बेच देता है। इसमें तुम्हारा क्या नुकसान होता है भला?"

"कहते तो आप ठीक हैं, हुजूर।"

"तुम्हें तो यह बात भी सोचनी चाहिए कि अब, तुम्हारी उम्र हो रही है। वह बेटा अगर कहीं भाग-भूग गया, तुम्हारी बकरियों के झुण्ड की देखभाल कौन करेगा? उसकी जगह, अगर तुम्हारा बेटा होता तो उसे थोड़ा-बहुत पैसे देते या नहीं। वह तो तुम्हारी जात का ही बन्दा है! अपना आत्मीय।"

"जी, हुजूर।"

भकील ने इसी ढंग से उधारचन्द को समझा-बुझा दिया कि बकरियाँ पाल-पोसकर, उसने दो पैसे भले कमा लिए हों, लेकिन उधारचन्द नवरतनगढ़ की नज़रों में दुसाध ही है। इस बेढब परदेस में, उधारचन्द का अपना सगा कोई भी नहीं है।

"उम्र हो रही है" यह जुमला उधारचन्द को अच्छा नहीं लगा। उम्र हो रही है! कहाँ उम्र हुई है? वह तो अभी भी काफी सख़्त-समर्थ है। जब वह इसी सोच में डूबा हुआ था, तभी भकील ने अचानक सवाल किया।

"सुना है, तुमने काफी सुलक्षणा-सम्पन्न किसी लड़की से शादी की है?"

"हाँ हुजूर! बस, वही...कर ही डाली। आपने किससे सुना?"

"सुन लिया किसी से..."

"चलता हूँ, हुजूर।"

"भगवती-लक्षणा लड़की है?"

"हजाम ने तो यही बताया।"

"....................."

"अरे, बहुत अच्छा किया–" भकील बेहद फूहड़ ढंग से हँसा, "वैसी लड़की तो राजा-रजवाड़ों को भी नसीब नहीं होती, दुसाध को मिल गयी।"

"यह तो तकदीर की बात है, हुजूर!"

"अरे, बहुत अच्छे! बहुत अच्छे! अब, खा-पीकर ताकत बढ़ाओ। बाल-बच्चे हों। कौन जाने, बेटा ही किसी दिन मन्त्री बन जाए या फिर दारोगा या विधानसभा का सदस्य बन जाए। कुछ न कुछ होगा ही होगा।"

"जी, आपके आशीर्वाद से..."

उधारचन्द चला आया। भकील सोचता रहा, कि यह ख़बर भुजा सिंह को देनी ही होगी। वह और भुजा सिंह हमउम्र ही थे। अभी भुजा सिंह की उम्र चालीस होगी। जब उस पर राहु की नज़र थी, तभी भुजा सिंह अपनी वैध पत्नी की कोख से तीन-तीन बेटियाँ पैदा कर चुका था। भुजा सिंह अब राजा नहीं था। लेकिन, उसका मिजाज़ राजाओं जैसा ही था, कारोबार में धनी भूस्वामी था। इसके अलावा विशाल जंगल का ठेकेदार भी था।

भकील उसे कानून से बच-बचकर चलने की सलाह देता था और उसके लिए छोकरियाँ जुटाता था।

उस दुसाध को यहाँ बिठाना, कोई बुरा नहीं हुआ। भुजा सिंह पर से जब राहु ग्रह उतरेगा, उस समय उसी तरह की लड़की अगर भुजा सिंह के हाथ आ जाए, तो उसे अपने साले के बेटे को गोद लेने की ज़रूरत नहीं पड़ेगी। भुजा सिंह भकील की मुट्ठी में भी बना रहेगा।

यह भुजा सिंह आखिर है कौन? एक अदद गँवई राजपूत के अलावा तो और कुछ नहीं? पेड़-कटाई का व्यवसाय तो भकील ही देखता था। भुजा सिंह ने उसे हस्ताक्षर करने का भी अधिकार दे रखा था।

भकील ने फैसला किया कि सही वक्त आने पर भुजा सिंह को भी जानकारी देनी होगी।

अपने कमरे में लौटकर उधारचन्द ने राँका को बुलाकर कहा, "सुन तो!"

"क्या कहना है, बताओ?"

"कालिया की बेटी भगवती-सुलक्षणी है, यह बात भकील को कैसे पता चली?"

"यह भला मैं क्या जानूँ?"

"उसे यह जानकारी कैसे मिली?"

"तोहरी में वह भी आता है और कालिया की बीवी भी हाट में आती है।"

"उसने कहा होगा?"

"हाँ, राढ़ा के कितने ही लोग तो यहाँ आते है।"

"ऐसा ही हुआ होगा। औरत की ज़ुबान पर कोई लगाम नहीं होती। कहीं तूने तो नहीं कहा?"

"तुम क्या पागल हो गये हो? भकील जी के साथ, मैंने आज तक कोई बात नहीं की।"

"ठीक! ठीक! यह बात याद रखना।"

कुछेक दिनों बाद, राँका फिर थोड़ा-सा बाजरा लेकर राढ़ा पहुँचा। सुरसतिया उसे जंगल में ले गयी। उसने, उससे पेड़ झकझोर देने को कहा। राँका ने बेर बटोरकर, उसकी टोकरी भर दी।

अगले ही पल, उसने सुरसतिया को पाचक की एक मीठी गोली थमा दी।

"यह मैंने ख़रीदी है। अपने पैसों से।"

बेर की टोकरी, राँका ही उसके घर तक लादकर ले गया।

उसने सुरसतिया की माँ से कहा, "इसके बाद, यह लड़की आँवले भी बटोरेगी।"

"अरे, आँवला का क्या करेगी?"

राँका ने बेहद सतेज मुद्रा में जवाब दिया, "तोहरी जाती हो! आँख खोलकर देख नहीं सकती?"

"क्या देखूँ?"

"कविराजी दवाओं की कम्पनी के लोग भी आते हैं वहाँ।"

"वे लोग वहाँ क्या करते हैं, हाँ जी, राँका।"

"वे लोग सबकुछ खरीदते हैं...आँवला, हर्रे, सब।"

"यह तो हम नहीं जानती थीं।"

"अब तो जान गयीं?"

"अरे, तू उठ क्यों गया? बैठ, कुछ खाकर जाना।"

"नहीं, नहीं! मुझे जाकर, वहाँ खाना पकाना है।"

"अच्छा, ले, थोड़े-से मकई ही खा ले।"

"लाओ, दो।"

"उस तरफ भी जा रहा है?"

"आज, उन्होंने बेटों की भी ख़बर लाने को कहा है।"

उधारचन्द ने राँका को वहाँ जाने को हरगिज नहीं कहा था। वह बात, राँका की छलना थी। वह खुद ही वहाँ गया था।

भकत ने पूछा, "क्या बात है?"

"वे लोग कहाँ हैं?"

"सड़क बनाने के काम में गये हैं।"

"क्यों?"

"घर के दरवज्जे पर ही काम जो हो रहा है।"

"इधर की क्या ख़बर है?"

"ख़ास कुछ समझ में नहीं आता।"

"बस का आना-जाना शुरू हो जाएगा, तो अच्छा कारोबार होने लगेगा।"

"धत्, अच्छा ही नहीं लगता।"

"जब रुपइये आने लगेंगे, तो अच्छा लगने लगेगा।"

"तू हठात् आ टपका?"

"तुम लोगों को देखने!" राँका ने लम्बी साँस उगलकर कहा, "तुम लोगों के बप्पा का कारोबार है, बातचीत के लिए आदमी मौजूद है। लेकिन, मैं क्या करूँ? अब, वह मानस बड़ा खिचखिचिया हो गया है। मुझ पर शक़ करता है। मुझे भला नहीं लगता।"

"तुझे ज़रूर कुछ न कुछ देगा।"

"धत्! कुछ भी नहीं देगा।"

"क्या सोच रहा है? चला जाएगा?"

"कहाँ जाऊँ? अगर चला जाऊँ...वह भी तो बुढ़ा रहा है, उसे कौन देखेगा, बता? तुम लोगों में आपस में जाने क्या हुआ है...।"

“हम लोग भी भला क्या करें?”

“मैं बखूबी समझ रहा हूँ, बीवी के आते ही, वह मुझे खदेड़ देगा।”

“ऐसा कहा है, बप्पा ने?”

“जुबान से तो यही कहता है कि पालने-पोसने को बकरी देगा, मेरी शादी करा देगा। लेकिन, वह ऐसा करेगा नहीं। कहा है कि वह मुझे दुकान या कहीं और खदेड़ देगा।”

“तब तू हमारे पास चले आना। हम सब तेरी शादी करा देंगे। हम जो रूखा-सूखा खाएँगे, तू भी खा लेना। अगर हमें खाना नहीं जुटा, तो तू भी मत खाना।”

“एक गिरस्ती नहीं हुई, तो भला चलता है?”

“तेरा ब्याह तो हो ही जाता। बप्पा के ही सिर पर भूत सवार हो गयाँ।

“भगवती-लक्षणा नहीं, हाथी।”

“क्यों, रे?”

“बाजरा पहुँचाने मुझे ही भेजता है न। कालिया लोग सड़क बनाने के काम में लगे हैं। कालिया की बेटी जंगल में बेर बटोरती फिरती है।”

“बप्पा ने उसमें ऐसा क्या देख लिया, बता तो?”

“जो लड़की इतनी भली है, और ज़्यादा भली हो जाएगी। जब घर बसाने पहुँचेगी, तो उसकी तकदीर खुल जाएगी। अभी वह जंगल में बेर बटोरती रहेगी।”

भकत की बीवी राँका के लिए सत्तू, गुड़ और पानी ले आयी और उसने कहा, “जो जैसा काम करता है, वह छोड़कर किसी और काम में चला जाए, तो यही होता है।”

भकत राँका को कुछ दूर तक छोड़ने आया।

उसने कहा, “ज़रा रुक जा। यहाँ से हरदम ही ठेकेदारों की लॉरी गुज़रती है। मैं कह दूँगा, तू लॉरी पर चले जाना।”

लॉरी पर सवार होकर लौटते-लौटते राँका सोच में डूबा रहा—ये लोग यहाँ सड़क बनाने का काम कर रहे हैं। उसके बाद, ये लोग किसी अन्य काम की तलाश में चल देंगे। मैं ठहरा अकेला मानस। जहाँ कहीं भी जा सकता हूँ, लेकिन यह ठीक नहीं होगा। मैं किसी सयानी लड़की से शादी

कर लूँगा। दोनों प्राणी मिलकर मेहनत-मशक्कत करेंगे और झोंपड़ी बाँधेंगे। रंक...राँका! जिसके पास कुछ नहीं होता, वही होता है—राँका! अब, राँका नाम हुआ, तो क्या हुआ? लेकिन, तब मैं राँका नहीं रहूँगा। मेरी बीवी होगी, बाल-बच्चे होंगे, झोंपड़ी होगी।

लॉरी ड्राइवर ने मुँह बढ़ाकर कहा, "ए हो, उतर पड़ो! तुम्हारा नवरतनगढ़ उस तरफ है।"

राँका उतर पड़ा।

वह दौड़ पड़ा...दौड़ता गया!! उधारचन्द जाने किस हद तक दिमाग़ गरम करेगा...कितना ग़ुस्सा होगा।

लेकिन उस दिन नवरतनगढ़ में बेभाव गड़बड़ी मची हुई थी।

चार

भीषण, भीषण गड़बड़ी मची थी नवरतनगढ़ में। हर ओर पुलिस। भुजा सिंह की विशाल कोठी के अहाते में पुलिस की जीप। राँका के मन में कौतूहल तो जागा, मगर वह नज़रें झुकाकर चला गया। जहाँ पुलिस नज़र आये, नज़र झुकाकर, वहाँ से हट-बढ़ जाना चाहिए; दौड़ नहीं लगानी चाहिए। भगोड़े दुसाध-गंजू-धोबियों की पीठ पर पुलिस बेतहाशा गोलियाँ बरसाती है और वे गोलियाँ भी जाने कैसे तो दिल के आर-पार हो जाती हैं। राँका धीरे-धीरे चलते हुए, वहाँ से हट आया।

उधारचन्द उसे देखकर डाँटना तक भूल गया।

उसने कहा, "सुन, जल्दी से इस तरफ आ जा! भयंकर मुसीबत आन पड़ी है।"

"क्या हुआ है?"

"भूमि-मजूर सहायक समिति के जुगल करण लोगों की खोज में, पुलिस की दौड़ आयी है। यहीं रुकी रहेगी।"

"रुकी रहेगी?"

"हाँ—"

"तब तो सिपाही लोग पाठा-बकरी उठा ले जाएँगे।"

"अब, क्या होगा, राँका? ग्यारह बकरियाँ, तेरह पाठा, दो बूढ़े-बूढ़े दढ़ियल बकरे, सात-सात बकरियाँ बच्चा देनेवाली हैं, चार बकरियाँ दूध दे रही हैं, आठ-आठ बच्चे हैं। ये पुलिस तो कच्चाखोर है। सब खा जाएँगे। क्या करूँ, बता तो?"

राँका ने पल भर में फैसला कर लिया।

उसने कहा, "एक गमछे में मेरे लिए, कई दिनों तक चल जाए, उतना-सा चिउड़ा-सत्तू-गुड़ बाँध दो। गाभिन बकरियाँ, पाठा सबको लेकर, मैं जंगल भाग जाता हूँ। वहीं रहूँगा।"

"बाकी सब?"

"दुधारू बकरियाँ, बच्चे, दोनों बत्तू यहीं रहें।"

"पूछेंगे तो क्या कहूँगा?"

"कहना, मैं लखीमपुरा हाट में बेचने गया हूँ।"

"अगर इन दुधारू बकरियों को ही ले जाएँ?"

"ले जाएँगे, तो ले जाएँ।"

"जंगल गया, तो क्या बच सकेगा? पुलिस तो जंगल का ही चप्पा-चप्पा खोजने आयी है। जुगल करण किसी पुलिस को ही मारकर, फरार हो गया है।"

"देखा जाएगा! सरसों के दाने कहाँ रखे हैं?"

"सरसों का क्या होगा?"

"अरे, तुम भी क्या बोका-बसन्त हो गये? कहाँ धरा है, लाओ दो। कान में सरसों डाल देने से बकरियाँ मिमियाती नहीं, नहीं जानते? लाओ, दो रुपये पकड़ाओ।"

"रुपयों का क्या होगा?"

राँका बेतरह झुँझला उठा।

उसने भयंकर डाँट पिलायी, "अरे, ज़रूरत पड़ी, तो ख़रीदकर कुछ खाऊँगा-पीऊँगा नहीं? पता नहीं कितने दिन रहना पड़े। तुम्हारे पास जो है, सब छिपाकर रख दो।"

राँका बकरियाँ लेकर निकल पड़ा। जंगल! यहाँ के जंगल सुरक्षित नहीं हैं। यह वनभूमि अब, सरकार की है। पहले यह जंगल, नवरतनगढ़

के ज़मींदार का था। राँका नवरतनगढ़ की तरफ नहीं रहेगा। वह राढ़ा की तरफ चला जाएगा। वहाँ का जंगल, अभी घना तो नहीं है, बेहद पतला-सा जंगल है। धीरे-धीरे घना हो आयेगा। जंगली काँटों से भरा हुआ दुर्गम पथ। लेकिन राँका वह पथ पहचानता था। राढ़ा-नाढ़ा-टाई की तरफ, वे लोग इसी पथ से आते-जाते थे। वह क्या राह में, कुछ देर कहीं बैठ ले? नहीं, यह सुरक्षित नहीं है।

राँका कहीं और अधिक सुरक्षित जगह भाग जाना चाहता था। किसी अन्य राँका दुसाध के पास! नाढ़ा की गोद में जंगल है, वहाँ की ज़मीन पर कुछेक दुसाध-गंजू-भंगियों की झोंपड़ी भी हैं। कई साल पहले उन लोगों ने गणेश सिंह के साथ भयंकर बलवा भी किया था।

नाढ़ा में बैठे-बैठे राँका ने सारी कहानी सुनी थी। गणेश को तो उन लोगों ने मार ही डाला। लेकिन इतने लोगों का मामला था। प्रायः दो-तीन वर्षों की सजा हुई थी। वे लोग जंगल से काठ बटोरकर, बेचते थे। पुलिस आजकल उन लोगों को काफी परेशान करती है। आस-पास कहीं भी ज़ोर-जुलुम होते ही, पुलिस उन्हीं लोगों के यहाँ दौड़ जाती है। गणेश को पाल-पोसकर इनसान बनानेवाली, लछिमा भी वहीं मौजूद है। वह भी जेल से लौट आयी है। उन्हीं लोगों से कह-सुनकर राँका जंगल में या उन लोगों के पास रह लेगा।

सुरसतिया को पता भी नहीं चलेगा। गणेश सिंह की मौत के बाद से ही वे लोग भूले से भी बाढ़ा गाँव में कदम नहीं रखते थे। बाढ़ा या नाढ़ा के दुसाध भी वहाँ नहीं जाते थे। कभी राँका भी वहाँ गया था। अपने माँ-बाप के इन्तकाल के बाद, राँका पहले उधारचन्द के पास नहीं गया था। उस तक पहुँचने का वह रास्ता ही नहीं जानता था। वह तो नाढ़ा पहुँचने के इरादे से उस तरफ चला आया था। वहाँ दो दिन वह रुका भी था। उन लोगों ने तो उसे रह जाने को कहा ही था।

धीरे-धीरे शाम गहरा आयी। वन-भूमि पर मानो और गहरा अँधेरा पसर गया। अब, वहाँ बाघ नहीं थे। लेकिन बकरियाँ वगैरह लेकर राँका रहे कहाँ? चीता-भेड़िया- सियार—इन सबका भय तो था ही। इसके अलावा जंगल के एक बद्‌जात जानवर, भालू का भी तो डर था। सर्दी बस, विदा लेनेवाली थी। भालू यहाँ बेर खाने आते थे।

एकबारगी अप्रत्याशित भाव से राँका, सीधे अन्य राँका दुसाध के सामने जा पड़ा। बड़ा राँका! राँका उसे पहचानता था, बड़ा राँका उसे नहीं पहचानता था।

"कौ-न? कौन है तू?"

"राँका दुसाध! हम बाढ़ा का राँका दुसाध हूँ।"

"तू है कौन?"

"तुम्हें जब पहचानता है, तो उसे सामने बुलाओ।" किसी अपरिचित बाबू ने कहा।

राँका ने देखा, उसके हाथ में बन्दूक है।

उसने डरते-डरते फिर कहा, "मैं राँका दुसाध हूँ।"

बड़े राँका ने कहा, "अरे, भई, तू है कौन?"

राँका सारी कहानी सुना गया।

बड़े राँका ने कहा, "तू सच कह रहा है न? वर्ना समझ ले, तेरी बकरी-पाठा भी गये, तू भी गया।"

"जी, मैं बिल्कुल सच कह रहा हूँ।"

"जुगल जी, आप ही पूछ-पाछ लें।"

राँका बेहद गम्भीर और व्याकुल हो आया, "आप जुगल करण हैं?"

"हाँ, भाई, अगर तुम चाहो, तो पुलिस को ख़बर देकर, मुझे गिरफ़्तार करा सकते हो। पुलिस तुम्हें इनाम में रुपये देगी।"

"नहीं! नहीं!" राँका बेतरह डर गया, "इस राँका दुसाध को हैरान करने के लिए, जब पुलिस की दौड़ आयी थी, तब बाढ़ा में, नाढ़ा में, हम लोगों को खेतों से उठा-उठाकर ले गयी और भयंकर पिटाई की थी। हम पुलिस से बहुत डरते हैं।"

"रुपइये जो मिलेंगे?"

राँका की दुःखी और सरल आँखें जुगल किरण के चेहरे पर जा टिकीं, "लेकिन यह तो धरम की बात नहीं है, जी! पुलिस तो आपको मार ही डालेगी। है न? कई दिनों पहले, तोहरी हाट में, हम तो यही बात सुने थे।"

बड़े राँका ने कहा, "वो उधारचन्द तो गिरा जानवर है। बेटे का बियाह करने गया था, अपना ही बियाह रचा बैठा।"

"बेटे का नहीं, मेरा बियाह!"

"वह तेरा क्या लगता है?"

"फूफा।"

राँका गहरे दुःख से भर उठा। वह तो उस दो दिनों की जान-पहचान के भरोसे, बड़े राँका के पास आया था। बड़े राँका को उसकी याद भी नहीं थी? उसने बड़े राँका के सामने भी अपना दुःख जाहिर किया।

बड़े राँका ने कहा, "तुझे क्या पड़ी थी कि बकरियों को बचाने के लिए, तू जंगल की तरफ दौड़ आया? तू जंगल में क्यों घुसा? अब, अगर बाघ तुझे खा जाए, तो?"

"दुसाध की चीज़, पुलिस ही उठा ले जाती।"

"जब वह मालिक-महाजन बना बैठा है, तो भोगने दे उसे सज़ा। तू बकरी-वकरी लेकर भाग ले।"

राँका ने कहा, "यह धरम का काम नहीं होगा। बिचारा बूढ़ा-पुरनिया मानस, मुझ पर भरोसा करता है और भर पेट खाना भी देता है।"

बड़ा राँका ने कहा, "देखिए, जुगल जी, इस क़िस्म की समझ-बूझ है हमारी! दुसाधों की! इसीलिए आपका काम सफल नहीं हो रहा है।"

जुगल के चेहरे पर निर्मल-सी हँसी खिल उठी, "भइया, एक साथ जेल में रहा। फलस्वरूप तुम्हारी बुद्धि जितनी समझदार है, इसकी क्या इतनी होगी? जो कुछ तुम्हारी समझ है, तुम इन लोगों को समझाते रहना। लेकिन, फिलहाल, इस बन्दे की बकरी-पाठा का इन्तज़ाम करो। चलो, अब सो जाया जाए।"

"लेकिन, आग तो जलायी नहीं जा सकती।"

"ना।"

"तब तो खाना-पीना भी नहीं होगा। आटा की लिट्टी बनाने का वक्त नहीं मिला, इसलिए आटा ही ले आया। चलो, किसी तरह काम चला लेंगे। रात को क्या होगा?"

"हम लोग तीन जन हैं। तुम, मैं और छोटा राँका! बारी-बारी से जगे रहना होगा, और क्या? जंगल में और कहाँ पानी है? कल वहीं चल दूँगा।"

"हमारी टोली पर तो पुलिस की नज़र है।"

"नहीं! नहीं! जंगल में रहूँगा।"

"कल ले चलूँगा। वहाँ अभी तक पुलिस नहीं घुसी, घुसेगी भी नहीं।"

राँका ने झेंपभरी मुद्रा में कहा, "मेरे पास चिउड़ा-सत्तू-गुड़ है, हम सबलोग वही खा सकते हैं। जुगल ने उसकी पीठ ठोंकी।

ज़मीन पर सूखे पत्तों के बिछावन पर, बकरियों की देह का ताप महसूस करते-करते राँका सो गया। भोर-भोर बड़े राँका ने उसे उठा दिया। जुगल और उसके दोनो साथियों ने शर्ट उतारकर बन्दूक कस ली। बकरियाँ गिनकर, वे लोग चलते रहे।

बड़ा राँका सच ही उन्हें काफी दुर्गम में ले आया!

उसने कहा, "यह जो पहाड़ आप देख रहे हैं न, जुगल जी, यही था, तोपाइ भुरू! यह कोल लोगों की बस्ती थी। कोल लोग इन्हीं सब गुफाओं में रहकर लड़ते-भिड़ते रहते थे। लेकिन यह काफी अर्से पुरानी बात है। अंग्रेज लोगों ने समूची बस्ती ही तोड़ डाली। यह जगह, जंगल बन गयी। सब एक ही गुफा में रह गये।"

"यही भला है। यहाँ वन-अधिकारी वहाँ नहीं घुसते?"

"यहाँ तो छोटे-छोटे पेड़ हैं और वन-दफ़्तर के लोग नक्सल लोगों के डर से जंगल के अन्दर नहीं आते।"

"वहाँ कहीं पानी भी है?"

"एक गुफा से कुरूडा नदी बहती है।"

"वहाँ कई दिन रह जाएँगे।"

"कितने दिन?"

"अब, अभी से क्या यह बताया जा सकता है? आन्दोलन छोड़कर ज़्यादा दिन तो वहाँ नहीं रह सकता।"

"मैं क्या करूँगा?"

"तुम बाढ़ा में रहना। पुलिस की खबरें मुझे दे जाया करना। यहाँ रहने से काम नहीं चलेगा। मेरे सहकर्मियों से सम्पर्क रखना होगा।"

"मैं बहुत ज़्यादा तो आ नहीं सकूँगा।"

"नहीं! मत आना। जेल में हम एक साथ ही थे, यह बात पुलिस जानती है। लेकिन, उसके बाद तुम खलास हो गये।"

"आप तो जेल तोड़कर निकल आये।"

"हाँ।"

"आप भी क्या वही हैं, जिसे नक्सल कहते हैं?"

"मैं पहले हरिजन आन्दोलन करता था, राँका, तब मैंने जाना कि हरिजनों की समस्या और खेत-मजूरों की समस्या, एक हिसाब से एक जैसी ही है। इसलिए खेत-मजूर आन्दोलन में भी क़ानूनी तरीके से मैं खूब-खूब लड़ता रहा। मार खाते-खाते मैंने हाथ में बन्दूक थाम लिया। हाँ, नक्सल आन्दोलन देखकर ही, मेरी समझ में आया कि हथियार पकड़ना ही होगा। मैंने बहुत लम्बा रास्ता, पैदल-पैदल तय किया।"

"आप हमेशा से नक्सल नहीं थे?"

"आजकल सरकार की नज़रों में सभी नक्सल हैं। कम्युनिस, सोसलिस, जब जिसने भी किसानों के पक्ष में आन्दोलन छेड़ा, आज का ज़माना होता, तो सबको नक्सल ही कहते। तुम लोगों ने जो बलवा किया था, उसे भी सरकार शायद नक्सल ही नाम देगी।"

"यह तो बड़े ताज्जुब की बात है।"

"सुनो, माचिस, मोमबत्ती और मिट्टी की दो-एक हँड़िया ज़रूर भेज देना।"

"ज़रूर! लेकिन आवेगा कौन?"

राँका बोल उठा, "मैं आऊँगा।"

बड़े राँका ने डपट दिया, "समझ गया, चल! चल!"

टोली की तरफ आते-आते बड़े राँका ने कहा, "देख, तू किसी भी वजह से बाढ़ा गाँव मत जाना।"

"ना! नहीं जाऊँगा!"

वे दोनों जंगल के अन्दर दाखिल हुए!

"नहीं, मिलूँगा।"

"तू लछिमा के जिम्मे रहेगा।"

"जैसा तुम कहो।"

"जुगल जी को सब सामान पहुँचाने लछिमा जाएगी।"

"नहीं, मैं जाऊँगा।"

"अरे नहीं! हरगिज नहीं! औरत पर शक़ नहीं होता। मुझे नहीं लगता

कि जंगल में बहुत अन्दर तक घुसेंगे। तू पच्छिम तरफ से आना-जाना। उस तरफ से कोई भी नहीं आता-जाता।"

"वहाँ मैं कितने दिन रहूँगा?"

"यह तो तू जाने।"

"पुलिस की खबरें कौन लायेगा?"

"हमारे यहाँ की औरतें।"

"औरतें तो नवरतनगढ़ की खबरें भी ला सकती हैं।"

"हाँ, लाएँगी।"

"पुलिस हरदम हमें परेशान करती रहती है। पुलिस की खबरें लाने में, हमारी औरतें काफी तैयार हो चुकी हैं।"

लछिमा। उम्र पचास वर्ष। सख़्त काया। बाल कैसे तो अद्‌भुत श्वेत। चेहरे पर शान्त गम्भीरता। देखकर ही अन्दाज़ा हो जाता था कि वह दुसाधिन नहीं है।

बड़े राँका ने आवाज़ देकर उसे बाहर बुलाया। बेहद धीमी आवाज़ में उसे सारा कुछ समझा दिया। लछिमा खामोशी से सुनती रही।

उसने पूछा, "तो फिर आटे की लिट्टी बना लूँ?"

"चलो, वही बना लो।"

"तुम जान से जाओगे, राँका।"

"अरे, नहीं, नहीं, तुम डरो मत।"

"इस दुधमुँहे को ही भला क्यों फँसा रहे हो?"

"यह तो खुद ही फँसने चला आया।"

"राँका दुसाध! तुमसे मैं क्या कहूँ? इससे पहले तो इस मानस के बारे में कभी, कुछ नहीं कहा। यह जुगल करण..."

"बस, बस, लछिमा! नाम मत लो। नाम पर ही इनाम।"

"समझी। अब जाओ, अपने घर जाओ। उसके बाद, तोहरी जाकर प्रसाद महतो को पकड़ो। परमिट नया कराने का समय आ पहुँचा है। इस लड़के को क्या कहकर बुलाऊँ? तू छोटा राँका! यही है मेरा घर-दुआर। आज यहीं आराम कर ले। कल अपनी झोंपड़ी खड़ी कर लेना।"

बड़ा राँका ने कहा, "दिन के वक्त यह बकरी के बिना ही रहेगा। रात को सभी के घर में दो-एक बकरी रख आएँगे। मसला हल हो जावेगा।"

"यही ठीक है। चल छोटे राँका। पानी ले आयें।"

राँका ने अपने दो रुपये लछिमा को सौंप दिये।

"ये रुपइये किस लिए?"

"यहाँ मैं खाऊँगा न।"

बड़े राँका ने हँसकर कहा, "जेल में काम करने पर लछिमा को मजूरी भी तो मिलती थी। हम कई लोग हैं। आजकल हम सब बड़े आदमी है। अमीर लोग।"

"हाँ, हाँ, जेल तो तेरी ससुराल थी न। ढेरों रुपइये दिये हैं।"

लछिमा नदी से पानी भरकर ले आयी। अपना नहाना-धोना भी निपटा डाला। उसने घाटो और दाल पकायी। उसके बाद, लिट्टी बनाने बैठ गयी। शाम हुई। राँका की बकरियाँ-पाठा, लछिमा ही घर-घर के जिम्मे कर आयी। सारा काम निपटा लेने के बाद, उसने गमछे में लिट्टी, नीबू का अचार, मिर्च और नमक बाँध लिया। अपने सिर पर एक कलसी पानी रख लिया।

उसने राँका से कहा, "मैं गमछे की यह पोटली लेती हूँ, तू लालटेन और एक लाठी हाथ में ले ले।"

रात के समय यह जंगल और ज्यादा अचीन्हा, दहशतभरा लग रहा था। लछिमा निःशंक आगे बढ़ती रही।

उसने राँका से कहा, "डर-भय की कोई बात नहीं है। यहाँ कोई बड़ा जानवर तो मैंने कभी नहीं देखा। शिकार कर-करके सब ख़त्म कर दिया है।"

"रास्ता पहचानती हो न?"

"राँका दुसाध ने मुझे इस जंगल का चप्पा-चप्पा चिह्ना दिया है। तू उस गुफा के बारे में पूछ रहा है न? तोपाबुरू? मुझे याद है।"

"तुम इस जंगल में आती हो?"

"ह-मे-सा! उस गुफा में एक नाला भी है। वही है कुरूडा नदी का मुँह। नाले का पानी खूब साफ और ठण्डा है।"

"तुम्हें डर नहीं लगता?"

"डर किस बात का? चल, चल।"

"सड़क सही है?"

"उज़बक कहीं का। सामने ही तो है तोपाबुरू! आँख उठाकर देख।"

"अच्छा? हम आ गये?"

"और नहीं तो क्या? चल, आगे बढ़कर देख उन लोगों को।"

उन दोनों की बातचीत की आवाज़ पाकर, जुगल ही आगे बढ़ आया।

लछिमा ने पूछा, "गुफा के अन्दर ही क्यों नहीं रहे? पेड़ तले क्यों हो?"

"अन्दर बहुत चमगादड़ हैं। काफी गन्दगी भी है और सीलन भी।"

"इस वजह से पेड़ के नीचे? ऐसी सर्दी में?"

"अब क्या उपाय?"

"यहाँ आग तो जलायी नहीं जा सकती।"

"ना! रात को सर्दी में कँपकँपाऊँगा। दिन में धूप ताप लूँगा, जी!"

"ठीक है! कल कई-एक बोरे दे जाऊँगी। लो, थामो, ये चीज़ें।"

लछिमा ने लिट्टी, अचार, मिर्च, नमक निकालकर उसके सामने रख दिया। पानी की कलसी भी उतारकर रख दी।

उसने कहा, "मोमबत्ती और माचिस कल लेती आऊँगी। चल, राँका। अरे, हाँ, तुम लोगों के पास बत्ती है न?"

"थी, मगर अब नहीं है।"

"सुनो, सभी लोग कभी एक साथ मत सो जाना। कभी-कभी भालू भी आ जाते हैं।" लछिमा राँका का हाथ थामे, तेज़-तेज़ चाल में चल पड़ी। जुगल उन दोनों को जाते हुए देखता रहा।

उसने अपने साथियों से कहा, "ऐसा पहले भी हुआ है। आज भी हो रहा है।"

"क्या हो रहा है, जुगल?"

"न जान, न पहचान। मदद करने की बात, अगर पुलिस के कानों तक पहुँच जाए, तो अत्याचार करेगी। फिर भी मदद करती रहती है। खुद के लिए ही खाना नहीं जुटता, फिर भी दूसरों को खिलाती है। जब उससे पूछा जाता है कि वह ऐसा क्यों करती है, तो कहती है—क्यों न करूँ? तुम सब तो हमारे भले के लिए इतनी तकलीफ उठा रहे हो।"

"इन लोगों का मामला ज़रा अलग है।"

"क्यों?"

"इतनी रात को एक औरत, एक मर्द के साथ चली आयी।"

"अरे, यह ऐसी-वैसी औरत नहीं है। उसके बारे में, जेल में बैठे-बैठे बहुत सुना है मैंने।"

घर वापस लौटकर, लछिमा और राँका ने देखा, बड़ा राँका बैठा हुआ है।

लछिमा ने कहा, "राँका दुसाध, कल मैं तोहरी जाऊँगी।"

"क्यों? दोबारा गिरफ़्तार होने का चाव जागा है?"

"हाँ! जेल में मजे में जो थी।"

अगले दिन लछिमा ने कहा, "मैं चली तोहरी।"

बड़ा राँका बोल उठा, "क्यों? कल तो बात हो गयी थी न?"

"जाती हूँ। प्रसाद जी से परमिट की बात कर आऊँ।"

"प्रसाद जी के यहाँ मैं चला जाऊँगा। मैं दारोगा के पाँव पकड़कर पड़ जाऊँगा। उसका मन ज़रा नरम करूँगा। उसके बाद, प्रसाद जी के पास भी होता आऊँगा।"

"नहीं! तुम्हारे बीवी-बच्चे हैं, बाप ज़िन्दा है। मेरा तो कोई भी नहीं है।"

"यह कैसी बात करती हो? हम लोग क्या नहीं हैं?"

"जाओ, जाओ, अपने काम पर जाओ। लो, ज़रा इसे पकड़कर उठाओ।"

राँका ने चौकी पकड़कर ऊपर उठायी। चौकी के पाये के नीचे की माटी खोदकर लछिमा ने पीतल के दो भारी-भारी कंगन निकाले।

"यह क्या, लछिमा?"

"इसका वजन देखा?"

"हाँ, भात चढ़ाने की हाँड़ी तो आ ही जाएगी।"

"हाँ, आ तो जाएगी। भात के लिए पीतल की हाँड़ी आ जाएगी, लेकिन, यहाँ तो भात का ही इन्तज़ाम नहीं है, राँका दुसाध। अब, इसका क्या उपाय किया जाये?"

"अभी इसे क्यों बेचने जा रही हो?"

"टॉर्च, माचिस, मोमबत्ती और आटा-दाल के लिए।"

"आटा-दाल-नमक-मिर्च हम लोग भी देंगे।"

"सबको बतायेंगे, शोर मचायेंगे, पुलिस बुलायेंगे।"

"एक-एक काम के लिए तुम सबकुछ बेचती रहोगी? यह सब तुम्हारे किसी काम नहीं आएगा? तुम कभी बूढ़ी नहीं होगी?"

"बूढ़ी हो गयी, तो भीख माँगूँगी।"

लछिमा तोहरी चली गयी।

राँका के सामने ही सारा कुछ घटा। लछिमा के आचरण ने राँका को ज़बर्दस्त धक्का दिया। राँका घास बेचकर दो-चार पैसे ले आता था और छिपाकर रख देता था। उधारचन्द उसके पीछे एक रुपया भी खर्च करने को तैयार नहीं था। जुगल करण जैसे लोग किसी बड़े काम में उतरे थे और अपना घर-द्वार छोड़कर वन-वन घूम-भटक रहे थे। लछिमा उन लोगों को पहचानती नहीं थी, फिर भी उन लोगों के लिए, अपना कंगन बेचने चल दी। होता है, ऐसा भी होता है।

लछिमा शाम होने के पहले ही लौट आयी।

उसने राँका से पूछा, "पानी कौन लाया? खाना किसने पकाया?"

"मैंने। मैंने सारा काम कर रखा। तुम तो थकी-हारी लौटी हो।"

"लिट्टी सेंक लूँ?"

"उस राँका ने आटा दिया है। बना लेंगे।"

"चल, ठीक है। सुन नवरतनगढ़ में अनगिनत पुलिस भरी हुई है। उधारचन्द ठहरा बूढ़ा। बोका-बौड़म। उसकी बकरियों के बच्चे सिपाही लोग उठा ले गये। लगता है, सात-दस दिन उन लोगों का काम चल जाएगा। पुलिस लखीमपुरा तक फैल गयी है।"

"मैं क्या करूँ, अब?"

"अभी कई-एक दिन रुक जा।"

आज की रात लछिमा लालटेन लेकर आगे-आगे चली। जुगल को उसने टॉर्च, मोमबत्ती और माचिस सौंप दिया। तीन बोरे भी थमा दिये।

उसने ख़बर दी, "नवरतनगढ़ से लखीमपुरा तक पुलिस-चौकी बैठायी जा रही है। जंगल में कुत्ते दौड़ाकर, तुम्हें खोजेगी।"

"क्या किया जाये, बता तो?"

"एक काम कर सकते हो। शिकारी कुत्ता भी पानी की धार में गन्ध नहीं सूँघ पाता। जिस गुफा से नदी बह रही है, तुम उस पानी में चलकर, उसी नदी में घुसकर बैठ जाओ।"

"ठीक! तूने बिल्कुल ठीक कहा।"

"कल, दिन के समय देख लेना।"

"पुलिस जब लखीमपुरा की ओर कूच कर जाएगी, तो हम सब भी कूच कर जाएँगे।"

"कहाँ?"

"अब यहाँ और कितने दिन रहेंगे?"

"पहले पुलिस तो यहाँ से खिसके।"

लछिमा चली गयी।

लेकिन फ़रार रहते-रहते, भागते-भागते मन के भीतर बसा मन बेहद सतर्क और सन्दिग्ध हो जाता है। जुगल लोगों ने कोई आज से तो भागना शुरू नहीं किया। कभी-कभी वह दिल-दिमाग़ उन्हें आनेवाली विपत्ति का संकेत पहले से ही दे देता है।

अचानक जुगल बोल उठा, "चल, चल भइये।"

"कहाँ?"

"उस नदीवाली गुफा में—"

टॉर्च जलाकर वे लोग सतर्क भाव से आगे बढ़े। जुगल ने उन लोगों को उसके पीछे-पीछे आने को कहा। पानी में पहले जुगल ही उतरा।

"सावधान! रेत पर पाँवों के निशान न पड़ें।"

तिर-तिर करके बहता हुआ पानी। उसी में नीचे झुककर, आगे-आगे पाँव बढ़ाते हुए, वे लोग गुफा के अन्दर दाखिल हुए। वे लोग आगे बढ़ते रहे...बढ़ते गये। अचानक पानी गहराने लगा। गहरा! और गहरा! अन्दर किसी गुप्त उद्गम से पानी बाहर आ रहा था। नदी का उत्स! अगल-बगल फिसलनभरी चट्टानें!

जुगल ने कहा, "बोरा बिछाकर बैठ जा। लेकिन ज़रा, रुको!"

उसी तरीके से वह बाहर निकल आया और थोड़ी-सी लकड़ियाँ बटोरकर दोबारा लौट आया। लकड़ियों पर उसने बोरा बिछा दिया। जुगल ने अपनी बन्दूक भी जाँच-परख ली।

उसके बाद, उसने कहा, "अब, कुत्ता नहीं भूँकेगा। लेकिन भूँक भी सकता है।"

करीब तीन घण्टे बाद, कुत्ते के भौंकने की आवाज़, सीटियाँ वगैरह आवाज़ें सुनाई देने लगीं। भोर होते-होते वे सब आवाज़ें नजदीक आने लगीं। लछिमा और किसी और एक औरत की आवाज़।

बड़ा राँका बड़े क़ायदे से कहता रहा, "अरे, यहाँ तो हम सब लकड़ियाँ बटोरने आते हैं।"

"मैंने क्या कहा, समझ रहे हो न?"

"देखिए, देखिए, वहाँ कुत्ते घूम रहे हैं।"

लछिमा ने चीखकर कहा, "घूमेंगे क्यों नहीं? हाय, मैं मर गयी। साहेब, तुम्हारे कुत्ते भौंक रहे हैं। अरे, अरे, ये मुझे क्यों सूँघ रहे हैं? देख, राँका, कल हम वहाँ बैठकर खाना खायी, बोरा बिछाकर टुक सुस्तायी, इसने ठीक समझ लिया..."

कुत्ते शायद और कोई मदद नहीं करते।

पुलिस अफसर ने चीखकर हुक्म दिया, "गुफाओं के अन्दर देख। सारी गुफाएँ छान मार!"

"साहब, सारी गुफा चमगादड़ों से भरी हुई है। यहाँ कोई ना है।"

"एइ, तुम लोगों से क्या कहा मैंने, समझ लिया है न?"

"हाँ-हुजूर" बड़े राँका ने जवाब दिया।

"पकड़ा दिया, तो इनाम। मदद की, तो..."

"नहीं, हुजूर, हमें बहुत बड़ा सबक मिल गया। यह जंगल हमारी जान है, साहब! यहाँ अगर कोई बदमाश आकर छिपा हो, तो..."

पुलिस अफसर आपस में ही कहने-सुनने लगे, "कोई मतलब होता है भला? वह बच्चू ज़रूर अपने अड्डे की तरफ गया होगा।"

अफसरों में से ही किसी ने राँका से कहा, "देखो, तुम उसके साथ जेल में थे..."

"किसके साथ, साहब?"

"जुगल करण के साथ।"

"हुजूर, वे लोग ठहरे बाबू असामी! हम लोग डकैती, मार-दंगा...दुसाध जो हैं। छोटे आदमी। छोटी जात। उन लोगों के साथ हमारी क्या बराबरी?"

"समझ गया। सुनो, ज़रा तोहरी थाने से सम्पर्क रखना, समझे?"

"हम रोज़ हाजिर हो जाऊँगा, हुजूर। आप हुकुम करें, हम रोज़ सलाम करने पहुँच जाऊँगा।"

"ठीक है, अभी तो हम जाते हैं, मगर हमने जो कहा, याद रखना।"

"जरूर, हुजूर, ज़रूर।"

"अपनी टोली के लोगों को भी सावधान कर देना।"

"हुजूर, खाने के लिए एक पाठा साथ कर दूँ?"

"नहीं! नहीं! सुनो, तुम्हें यह भी बता दूँ कि पुलिस आती-जाती रहेगी। किसी को, कोई घूस मत खिलाना।"

"ना, हुजूर।"

पुलिस और राँका बाहर निकल गये।

राँका ने कहा, "वाह-कितने पत्ते झरे हैं। माटी बेहद सतेज है।"

"जंगल तो इस बुरू के पीछे ही है न?"

"हाँ, हुजूर, चलेंगे?"

"चल—"

"लेकिन, बुरू छोड़कर, परली तरफ से जाना होगा।"

"बुरू के उस तरफ तो गुफा है न?"

"ना-ना, हुजूर।"

"बुरू की तरफ मैं नहीं आना चाहता। उत्तर की तरफ ही जाना चाहता हूँ।"

"बस-सड़क की ओर?"

"उधर बस-सड़क है?"

"हाँ, हुजूर, कच्ची सड़क है। प्राइवेट बसें चलती हैं।"

"कहाँ जाती हैं?"

"राँची। रामगढ़। धनबाद।"

"राँची? जुगल करण का घर भी तो राँची जिले में है। चल-चल। तू चल हमारे साथ। जीप में चल।"

"चलिए, हुजूर।"

वे लोग चले गये।

जाते समय पुलिस अफसर बुदबुदाया, "क्या बरसात आने वाली है?"

रात के वक्त सच ही बरसात आ गयी।

राँका ने लछिमा से पूछा, "वे लोग क्या चले गये?"

"जाएँगे कहाँ?"

"खाएँगे कहाँ?"

"चुप कर। दो-एक दिन खाये बिना इनसान मर नहीं जाता।"

अगले दिन बड़ा राँका वापस लौट आया।

लछिमा ने कहा, “जाने कौन तो पकड़ा गया है। तार के जरिये ख़बर आयी है। वे लोग राँची चले गये।”

“इन लोगों का क्या होगा?”

“अब, हमारे कुछ करने का उपाय नहीं है। प्रसाद जी से बात करूँगा।”

“जाड़े में मर जाएँगे।”

“अब, क्या उपाय?”

लेकिन कामता प्रसाद, सन्तोष और दो जन अनजान ग्रामकर्मी बनाम पुलिस में संघर्ष छिड़ा और चूँकि कामता प्रसाद और उसके चारों साथी की मौत के बाद, पुलिस ने अपना ध्यान उस तरफ से हटा लिया। आखिरकार प्रसाद ने गाँधी मिशन की एम्बुलेंस लेकर, मिशन की तरफ से यहाँ-वहाँ ऊनी कपड़े बाँटने की नौकरी कर ली थी। पुरानी दोस्ती के नाते या किसी और कारणवश, अपने कामकाज के बीच ही किसी समय वह जुगल और उसके साथियों को बटोरकर, कहीं पहुँचा आया।

उसने कहा, “अब, अगर दोबारा पकड़े गये, बच्चू तो मैं तो फँसूँगा ही, और लोग भी फँस जाएँगे।”

राँका इससे बहुत पहले ही उधारचन्द के पास लौट आया।

लछिमा ने कहा, “उसकी बहुरिया जब आ जाए, तो तू चले आना। यहीं बस जाना। वह बड़ा राँका ही तेरी शादी करा देगा।”

राँका वापस लौट गया। अपने मन का बहुत सारा हिस्सा, वह इन्हीं लोगों के पास छोड़ गया। वह लछिमा से कहकर गया कि बीच-बीच में वह ख़बर लेने आया करेगा।

पाँच

उधारचन्द के यहाँ उसकी ज़िन्दगी बिना किसी विचित्रता के, एकरस गुज़रती रही। बीच-बीच में वह जो सुरसतिया के लिए बाजरा लेकर जाता था, बस, वही उसके जीवन की एकरसता में थोड़ा-बहुत अन्तराल ले आती थी।

लगभग तीन वर्ष गुज़रते ही, उधारचन्द एक बार फिर भड़क गया।

“सुना, राँका, सुना? मेरे बेटों की करतूत सुनी?”

“क्यों? क्या हुआ?”

“उन कमबख़्तों ने मेरे मुँह पर कालिख पोत दी।”

“क्या किया है उन लोगों ने?”

“तीनों जन अपनी-अपनी बकरी-पाठा बेच-बाचकर चले गये।”

“कहाँ चले गये?”

“कांग्रेसी लड़के कुलियों की ठेकेदारी कर रहे हैं।”

“कुली देंगे कहाँ?”

“धनबाद-झरिया-कोयला खदानों में!”

“वे लोग वहाँ चले गये?”

“हाँ! मैं तो उनके लिए पराया हूँ, प्रसाद महतो ही उनका एकमात्र सगा है। सुना है, उसे ही सब बता गये हैं। अब मैं क्या करूँ?”

“क्यों? तुम क्या करोगे?”

“भकील बाबू के हाथ-पाँव जोड़कर, उनके दामाद से कह-सुनकर, उन लोगों के लिए ज़मीन की बन्दोबस्ती जो कर दी थी। अब, वे लोग कहेंगे कि इसीलिए दुसाधों का भला नहीं करना चाहिए।”

“ज़मीन क्या हुई?”

“यही तो खच्चरपन है।”

“कैसा खच्चरपन?”

“उस ज़मीन की बन्दोबस्ती लेने के लिए कोई पंजाबी आदमी पहुँचा था। अब उधर बस चलने लगी है। टाइ तो अब अच्छा-भला जंक्शन बन गया है। सो, भकत ने उसे जवाब दे दिया कि ज़मीन लेनी हो, तो मेरे बप्पा के पास जाओ।”

“तो वह ज़मीन उसे ही दे दो न। कहाँ है वह आदमी?”

“तोहरी में उसके बड़े भाई का, खाने का होटल है।”

“मैं उसे बुला लाऊँ?”

“चला जा। वहाँ जा ही रहा है, तो प्रसाद से भी पूछ लेना।”

“तुम कहाँ चले?”

“एक बार भकील बाबू के यहाँ हो आऊँ।”

तोहरी में उस पंजाबी शख़्स ने राँका को कोई तवज्जोह ही नहीं दी।

उसने सवाल किया, "कौन है यह उधारचन्द दुसाध? वहाँ तो उसके बेटे थे।"

"क्या कहा उसने?"

"उसने बन्दोबस्ती ले ली थी। बन्दोबस्ती देने के मालिक तो अमीन जी हैं न। उन्हें तीन सौ रुपये देकर, मैंने जमा ले लिया है। जाने कौन पाठा बेचनेवाला दुसाध! उसके पास कौन जाएगा?"

राँका को अन्दाज़ा था कि वह ख़बर उधारचन्द को काफी आघात देगी। वह प्रसाद महतो के पास पहुँचा। उस समय प्रसाद महतो किन्हीं दो बूढ़ियों को यह समझाने-बुझाने में लगा था कि वह छोटे-मोटे रोग में दवा दे सकता है, मगर आँखों की बीमारी के इलाज के लिए अस्पताल ही जाना पड़ता है। यही सही है।

"अस्पताल में तो आँखी ही काट देवेगा।" एक बूढ़ी ने कहा।

"अरे, पहले जाँच करेगा।"

"तुम ही दवाई दे दो न!"

"मैं क्या आँखों का डॉक्टर हूँ?"

"तुम हमका वो लाल गोली दे दो न।"

"बूढ़ी माँ, अगर तुम ऐसी हरकत करोगी, तो मैं खुद भी डॉक्टर से कहूँगा कि तुम्हारी आँखें काट दे। भई, मैंने डॉक्टर से बात कर ली है। वह तुम्हारी आँखों की जाँच करके, दवा दे देगा।"

"ठीक है। तो हमें दाँत की दवाई तो दे दो।"

प्रसाद ने दवा देकर कहा, "तुम लोग न बड़े पाजी हो।"

उन दोनों के चले जाने के बाद, प्रसाद राँका को लेकर कमरे में आया।

"हाँ, तो बताओ, क्या हाल-समाचार है?"

"प्रसाद जी, जुगल करण का क्या हुआ?"

"ज़िन्दा है।"

"क्या कर रहा है आजकल?"

"जो काम पहले करता था, वही अब भी करता है। अच्छा, बताओ, किसलिए आना हुआ?"

राँका ने सारी कहानी बयान कर दी। प्रसाद ने एक लम्बी उसाँस भरी।

उसने कहा, “वे लोग भला क्या करेंगे? बस-सड़क पर ही तबेला था। गुंडे उस सड़क से आते-जाते, अपनी लॉरी या जीप रोककर, नित्य ही, बकरी-पाठा उठा ले जाते थे।”

“हमें तो कोई जानकारी नहीं है।”

“उसके बाद, चारों तरफ दुकानें वगैरह खुल गयीं। उन दुकानों के बीच कोई दुसाध वह जगह हथिया कर बैठा रहेगा? उन लोगों ने बेभाव अत्याचार शुरू कर दिया। रुपइये दो या यह जगह छोड़ दो। इस पंजाबी लड़के के साथ उन लोगों की दोस्ती थी।”

“फिर क्या हुआ?”

“एक दिन भरत की बेभाव पिटाई कर डाली। उसे अस्पताल ले जाना पड़ा। जब वह अस्पताल में ही था, तभी कोई पुरान की बीवी को उठा ले गया।”

“उठा ले गया?”

प्रसाद के चेहरे पर कड़वी-सी हँसी झलक उठी, “हरिजन-अछूत औरतों पर उन लोगों की दखल चिरकाल से ही है। इसीलिए ले गये।”

“पुरान की बीवी?”

“हाँ, वह दोबारा लौटी ही नहीं।” प्रसाद ने ज़रा रुककर अपनी बात पूरी की, “कोई एक बन्दा इस बात को लेकर आन्दोलन पर उतरा था, ताकि हरिजन लड़कियों पर उन लोगों का अत्याचार वह बन्द कर सके।”

“बन्द कर पाया, प्रसाद जी?”

“हाँ, राँका! लेकिन, तू अभी जा!”

वापस लौटकर राँका ने सारी कहानी उधारचन्द को सुना दी। उधारचन्द गुमसुम हो रहा।

थोड़ा ठहरकर उसने पूछा, “क्या करूँ?”

“किस बात में?”

भकील बाबू ने भी कहा, “जैसे ही वह ज़मीन लड़कों ने छोड़ दी, तभी मेरी बन्दोबस्ती रद्द हो गयी।”

“वह यही कहेगा, मैं जानता था।”

“लेकिन, मैं तो जानता हूँ कि मैंने वह बन्दोबस्ती दस बरस के लिए ली थी। अभी चार बरस, पाँच महीने बाकी हैं।”

"तूने यह बात कही?"

"हाँ, कही थी। मेरी इस बात के जवाब में उसने कहा–अगर तुझे ऐसा लगता है, तो तू अदालत जा सकता है।"

"क्या? अदालत जाने को कहा? तू पागल है? मैं अदालत जाऊँगा? अगर मैं अदालत गया, तो मेरे सिर तले धड़ सलामत रहेगा? मैं क्या साबित कर पाऊँगा कि मेरी ही बात सच है? कौन मानेगा?"

"तब तुम ही बताओ, तुम यहाँ क्यों आये?"

"तू ऐसी बात क्यों करता है?"

"जब तुम गाँव में थे, तब मालिक इतना जुलुम करते थे?"

"अरे, भई, मैंने क्या अपने शौक से गाँव छोड़ा?"

"उन दिनों हम लोग अदालत नहीं जा पाते थे। हम जानते थे कि अदालत में जाने लायक पैसा नहीं है हमारे पास! अदालत में गये, तो गाँव के मालिक हमें गाँव में रहने नहीं देंगे। गरीब दुसाध को अदालत में किसी दिन भी न्याय नहीं मिलता।"

"यहाँ आकर भी यही बात कहनी पड़ रही है।"

"लेकिन, कहना तो पड़ा न!"

प्रसाद जी ने बताया, "उन लोगों के गुस्से की असली वजह यह है कि यह सड़क अब अच्छी बन गयी है, दुकानें खुल गयी हैं, इन सबके बीच, इतनी सारी ज़मीन, किसी दुसाध के हाथ में क्यों रहे।"

"तूने यह बात कही?"

"यहाँ भकील बाबू भी यही बात सोच सकते हैं।"

"क्या कहा तूने?"

"हाँ, दुसाध क्यों इतनी सारी जगह लेकर, इतना फलता-फूलता कारोबार करे?"

"नहीं, नहीं, तू ऐसी बात मत कर!"

राँका भी निर्मम ज़िद के लहजे में कहता रहा, "यहाँ हम लोगों का कोई नहीं है। गाँव में चाहे जितना भी कष्ट उठाना पड़े, वहाँ तो हमारी बिरादरी के सभी लोग हैं।

उधारचन्द ने कहा, "लेकिन जाऊँ तो जाऊँ कैसे?"

"क्यों? सब बेच-बाँच दो।"

उधारचन्द के चेहरे पर करुण मुस्कान झलक उठी, "रुपइये कहाँ हैं?"

"तुम्हारे पास रुपइये नहीं हैं?"

"नहीं, रे! सिपाही लोगों ने उधार ले-लेकर कुछ भी नहीं छोड़ा। अब, न तो सूद देते हैं, न तो असल लौटाते हैं। घुमा-घुमाकर जान लिए ले रहे हैं।"

"गाँव के घर में उधारी लेने में कितना कष्ट होता है हमें और तुम यहाँ उधार देते फिरते हो?"

"मैंने सोचा..."

"मैंने तुम्हारा एक पैसा भी कभी इधर-उधर नहीं किया, लेकिन तुमने तो कभी मुझ पर भरोसा नहीं किया। न कभी अपने बेटों पर भरोसा किया। जिन पर भरोसा किया, वे लोग ही तुम्हें...खैर, छोड़ो, जहन्नुम में जाओ। लाओ, मुझे वह लालटेन पकड़ा दो, मैं दुकान से तेल भरा लाऊँ।"

बहरहाल, इसी ढंग से प्रसंग की इति-श्री हो गयी।

इस बार, जब वह बाजरा लेकर गया, तो सुरसतिया की सूरत-शक्ल देखकर, राँका दंग रह गया। सुरसतिया मानो अचानक बड़ी हो गयी थी। चेहरा लावण्य से भर उठा था।

सुरसतिया ने पूछा, "इतने दिन कहाँ गायब रहे?"

"तुम्हारी नौकरी खट रहा था।"

"मेरी? तुम क्या मेरे नौकर हो?"

"और क्या?"

"पता नहीं! मुझे नाता-रिश्ता याद ही नहीं रहता।"

"कलाई में यह लाल डोरा क्यों बाँध रखा है?"

"मइयो ने कहा, हाथ सूना नहीं रखना चाहिए।"

"अच्छा, अगली बार तुम्हारे लिए चूड़ियाँ ला दूँगा।"

"बैठो, गुड़-सत्तू ला देती हूँ, खाओ।"

सत्तू-गुड़ लाकर, उसके सामने रखते हुए सुरसतिया ने कहा, "मेरा मन बड़ा खराब रहता था। बहुतै उदासी आती थी। कितने दिन हो गये थे, तुम आये ही नहीं।"

"मालिक जब भेजेगा, तभी न आऊँगा।"

"होली परब पर तुम क्यों नहीं आये?"

"हुँहः मुझ जैसों की होली..."

"तुम क्या वहाँ फिलिम-सिनेमा देखते हो?"

"न्ना! कब्भी नहीं!"

"इस बार, हम देखूँगी। गोरमेन के लोग गाड़ी लेकर आवेंगे, सनीमा दिखावेंगे।"

"यह तो अच्छी बात है।"

"अरे हाँ, याद आया, तुम्हें पता है, पुरान की मेहरिया वहीं रहती है।"

"कहाँ?"

सुरसतिया ने उँगली उठाकर लछिमा की टोली की ओर इशारा किया।

उसने कहा, "वहाँ! पाँच दिन पहले कोई उसे किसी धान-खेत में फेंक गया था।"

"वहाँ आयी वह?"

"नथनी उसका चाचा जो है।"

"सुरसतिया, मैं उसे ज़रा देखता जाऊँ?"

"ना! ना! अभी वह बहुत बीमार है।"

"खैर, मुझे तो वापस लौटना ही होगा। मैं चलता हूँ।"

"फिर कब आओगे?"

अचानक जाने क्या याद करके, राँका हँस पड़ा।

"इस बार तुम्हें शायद लेने ही आऊँगा–" उसने कहा।

"कहाँ?"

"नवरतनगढ़!"

"ओऽऽ!"

"तुम्हें वहाँ पहुँचा दूँ, बस, मेरी छुट्टी।"

"क्यों? कहाँ जाओगे?"

"उसी टोली में!"

"मत जाना, राँका। नवरतनगढ़ में मुझे छोड़कर मत जाना।"

सुरसतिया की ओर राँका ने अचकचाकर देखा।

थोड़ा ठहरकर उसने कहा, "ऐसी बातें नहीं करते, सुरसतिया। जा कोठरी में जा।"

"देखना, तब मैं बाढ़ा लौट आऊँगी।"

"देखा जाएगा।"

राँका वहाँ से चला आया! नवरतनगढ़ पहुँच गया।

कुछ दिनों बाद उधारचन्द ने खुद ही कहा, "जा, यह सबकुछ बेच-बाच आ, राँका। यह बकरी और तीन पाठा।"

"यह कोई हटिया का दिन तो नहीं है।"

"तो क्या हुआ? तोहरी में अच्छे दाम मिल जाएँगे।"

"यह सफेद बकरी रख लेते..."

"नहीं, नहीं, मुझे रुपइयों की ज़रूरत है।"

"अचानक इतनी ज़रूरत?"

"रुपइयों की ज़रूरत तो अचानक ही पड़ती है और अगर इस काम के लिए रुपइये न ख़र्च कर सकूँ, तो कमाता किसलिए हूँ?"

"मैं समझा नहीं।"

"तूम भला कैसे समझोगे? अरे, अपनी मेहरिया ले आऊँगा। अपनी बहुरिया। अब, वह सोलह बरस की हो गयी होगी। अब, उसे फेंके रखना सही नहीं होगा। मेरी भी उम्र कुछ कम तो हो नहीं रही है। तू तोहरी चला जा। मैं भी एक बार भकील बाबू के पास जाता हूँ। वे पंचांग देख दें।"

"पंचांग? यह क्या होता है?"

"उसमें सबकुछ लिखा होता है।"

"क्या लिखा रहता है?"

"बियाह का दिन। पाठा खरीद का दिन। बकरी बेचने का दिन, बीवी लाने का दिन—इस तरह की सारी बातें लिखी होती हैं।"

"तुम तो बाबू बन गये।"

"क्यों, रे? क्यों? क्यों?"

"जब बियाह किया। तब तो दिन-पल देखा नहीं। कारोबार किया, तब भी नहीं देखा। पुलिस पाठा-बकरी ले लेगी, इस डर से मरे रहे, दिन नहीं देखा। मुझे जंगल में जाने दिया, दिन नहीं देखा। बेटों को इतनी-इतनी हैरानी हुई, ज़मीन को लेकर भकील बाबू ने इतना हरामीपन किया, फिर भी व-ही तुम्हारी नज़र में भलामानस है। अब, बीवी लाने के लिए, दिन देख रहे हो?"

"अरे, गाँव के घर में तो हम यह सब जानते नहीं।"

"इसमें जानने को क्या है?"

उधारचन्द ने कहा, "तुझे तो गुस्सा आएगा ही। तू उमरदार लड़का है। घर-गिरस्ती बसाने का चाव होता होगा। मैंने ही तुझे...."

"बस बस...पाला-पोसा न? मैंने भी तो मेहनत की। अब, तुम सारा कुछ समझ-बूझ लो। मैं चला जाऊँगा।"

"वही तो हम भी कह रहा हूँ। हम सारा बन्दोबस्त कर दूँगा।"

"रहने दो। रहने दो। अब और कोई बन्दोबस्त मत करना। मेरे पास जाने की जगह है, अपना कहने के लिए लोग भी हैं। अपना इन्तजाम मैं खुद कर लूँगा। तुम जिसका-जिसका भला करने गये, उन लोगों का जो हाल हुआ..."

उधारचन्द भकील बाबू के पास जा पहुँचा।

"गोड़ लागी, हुजूर। अच्छा-सा कोई दिन देख दें ज़रा! अब हम अपने मेहरारू को ले आवें।"

"कितने बरस की हुई?"

"सोलह बरस।"

"पहले ही क्यों नहीं ले आये?"

"ना, हुजूर, बहुत ही हैरानी में था।"

"तेरी बीवी तो भगवती-सुलक्षणी लड़की है न?"

"हाँ, हुजूर! मेरा तो कुछ नहीं हुआ। मेरे बाल-बच्चे भी इनसान नहीं बने। अब इस मेहर का बेटा अगर भलामानस बने। हुजूर, भगवती-सुलक्षणी लड़की बहुत ही भागवन्ती होती है।"

"हाँ, सो तो सच है।"

"उसे बेटा तो होगा ही होगा और वह बेटा काफी रईस होगा।"

"बेशक! बेशक! रुको, कल आ जाना। मैं पंचांग-पत्रा देख रखूँगा।"

भकील का दिमाग़, प्राचीन और टेढ़ी राह पर घूमता रहता था। भुजा सिंह उन दिनों पटना गया हुआ था। लौटने में दस दिन बाकी थे। नयी-नकोर, किसी की बीवी पाकर वह सबसे ज़्यादा खुश होता था। यह तो भगवती-सुलक्षणी लड़की थी। उस औरत के कोख-जने बेटे की ज़रूरत तो भुजा सिंह को थी।

उधारचन्द ठहरा दुसाध! बेटा पैदा करने के बारे में कह-सुन लिया जाएगा। न हो इस मामले में उसे कुछ ज़मीन देने की बात तय कर ली जाएगी। चलो, देखते हैं।

भागवन्ती औरत और भाग्यवान-तेजस्वी बेटे की ज़रूरत तो भकील को भी है। ऐसी लड़की की ज़रूरत भुजा को है; भकील को भी है।

अगले दिन भकील ने उधारचन्द से कहा, "देखो, उधारचन्द, अपनी बीवी तो तुम चार दिन बाद भी ला सकते हो। लेकिन, पंचांग कहता है कि भगवती-सुलक्षणी लड़की के सन्दर्भ में अलग ही नियम है।"

"क्या नियम है, हजूर?"

"वह कोई मामूली लड़की नहीं है। पंचांग में लिखा है—दस दिन बाद, अठारह तारीख से पहले औरत-मर्द में कोई रिश्ता या मिलन नहीं हो सकता।"

"यह लिखा है?"

"ले, तू खुद ही पढ़ ले या किसी भरोसेमन्द आदमी से पढ़वा ले। मैं क्या तुझसे झूठ बोल रहा हूँ?"

"छिः छिः हजूर, मेरी ऐसी मजाल कि यह बात कहूँ?"

"तू देख ले न, क्या लिखा है?"

"आप ही बता दें न, हजूर!"

"पंचांग में साफ-साफ कहा गया है कि पहले मिलन के समय, खूब नेम-नियम से चलना होगा, वर्ना क्या होगा, जानते हो?"

"क्या होगा, हजूर?"

"हिजड़ा सन्तान पैदा होगी और बीवी बाँझ हो जाएगी।"

"ना, हजूर, आप जो कहेंगे, हम मान लूँगा। जाने कितने साल पहले बियाह किया था। बीवी जब चौदह बरस की हुई, तब उसे नहीं लाया। अब, और क्या करूँ?"

"और करना क्या है? बीवी लाने का इन्तज़ाम करो।"

"हाँ, हजूर, यही करता हूँ।"

उधारचन्द के जाते ही, भुजा सिंह का चिकित्सक, गोविन्द झा आ पहुँचा। यह वैद्य किसी रोग का इलाज नहीं करता था। नवरतनगढ़ के भूतपूर्व राजा और वर्तमान मालिक, भुजा सिंह की पुरुष प्रवृत्ति या अय्याशी की लत

चरितार्थ करने की राह में कोई रुकावट न आये, इसके लिए वह भुजा सिंह को उत्तेजक दवाएँ खिलाता रहता था। भुजा सिंह पर उसका प्रचुर दखल था।

झा ने कहा, "यह क्या हो रहा है? चक्कर क्या है?"

"क्या?"

"कितने दिनों तक इस दुसाध को पालो-पोसोगे?"

"क्यों? क्या हुआ?"

"कोई दुसाध को लाकर बिठाता है? अब, जगह फैलती जा रही है। अगर वह जगह मिल जाए, तो मैं वैद्य की दवाओं की एजेन्सी ले लूँ।"

"दुकान तो आपको मिली है।"

"हाँ, मिली तो है। लेकिन, वहाँ दवाएँ रखने का गोदाम बनाऊँगा।"

"झा जी, अब, वहाँ से वह उठ जाएगा। मुझ पर भरोसा रखें।"

"भरोसा रखूँ?"

"क्यों नहीं रखेंगे? विश्वास बनाये रखा, इसीलिए, सरकारी ठेकेदारी क्या आपको नहीं मिली? बताइए? सीमेंट की ठेकेदारी आपको नहीं मिली? उसी के दम पर आपने छपरा में अपना मकान नहीं खड़ा किया?"

"हाँ, ऐसा आप कह सकते हैं।"

"पिछली बार जब आपने आदिवासियों को उखाड़ फेंका, आपको जमानत नहीं मिली, बताएँ?"

"हाँ, सो तो मिली थी।"

"आपको वह जगह भी मिल जाएगी।"

"मिल जाएगी न? वह जगह बेहद अच्छी है, जी।"

"देखिए, झा जी, और भी कई सरकारी ठेकेदारी आनेवाली है।"

"हाँ, बताइए न! बताएँ! ये सब बातें सुनकर भी दिल खुश हो जाता है।"

बहरहाल, इसी ढंग से उधारचन्द की तकदीर का निर्धारण होता रहा। उधर, वापसी में उधारचन्द तकादे के लिए सिपाहियों के यहाँ पहुँच गया।

राँका तोहरी चला गया। गोश्त की दुकान पर काफी दर-दाम करके, काफी अच्छे दामों में, उसने चार जानवर बेच दिया। रुपये लेकर वह प्रसाद के यहाँ हाज़िर हुआ। इतनी बड़ी रकम लेकर, वह अकेला वापस नहीं जाना चाहता था। वहाँ उसे लछिमा मिल गयी।

प्रसाद खटिया पर बैठा हुआ था। चेहरा गम्भीर।

लछिमा ने कहा, "आ जा, राँका। पुरान की बहुरिया को अस्पताल में भर्ती करा दिया।"

"वह क्या बहुत ज़्यादा बीमार पड़ गयी थी?"

"खू-ब।"

प्रसाद ने कहा, "उसे मुकदमा ठोंक देना होगा।"

"अरे, छोड़ो यह बात।" लछिमा ने कहा।

"ऐसा कितने दिनों चलेगा?"

"हमारी औरतों, लड़कियों की इज़्ज़त का कोई मोल नहीं है।"

"वह केस ज़रूर करेगी।"

इस किस्म के केस ठहरते नहीं। यह सब देखते-देखते तेरे बाल पक गये। जहाँ असामी गाँव में ही हो, वह केस ठहरता नहीं। यहाँ से तो वे पाजी-बदमाश भाग खड़े हुए।"

"घूम-फिरकर दोबारा नहीं लौटते? लौटते तो हैं।"

"छोड़ो, यह बात। वह लड़की पहले बच तो जाए।"

राँका ने सवाल किया, "क्या? बचेगी नहीं?"

"अब, तुझसे क्या कहूँ, बता?"

"अगर मुकदमा न ठोंके, तो?"

"अगर मैं मरद होती, तो दो-तीन लोगों को साथ लेकर, घात लगाकर बैठी रहती। बाद में किसी दिन, सुविधा मुताबिक अपने शिकंजे में कस लेती।"

"अन्त में यही कुछ तो करना पड़ता है–। क़ानून को तो इनका कोई अपराध, कोई जुल्म नज़र ही नहीं आता।"

"अभी तू चुप कर।"

"क्यों? चुप क्यों रहूँ?"

"प्रसाद महतो, तुम्हें मैं क्या समझाऊँ? अब, तुम इतने उत्तेजित होगे, 'मुकदमा करूँगा' यह नगाड़ा पीटते फिरोगे, तो लोग-बाग जान नहीं जाएँगे?"

"जान जाने दो–"

"क्यों? तुम्हें क्या कोई फ़र्क़ नहीं पड़ता?"

"नहीं, कोई फ़र्क़ नहीं पड़ता।"

"तोहरी अस्पताल तो बिल्कुल लड़खड़ाया हुआ है। ऐसे में कोई अस्पताल में घुस आये और उस लड़की को जान से मार डाले? पहले क्या ऐसा कभी नहीं हुआ?"

प्रसाद कुछेक पल ख़ामोश रहा।

थोड़ा ठहरकर उसने कहा, "हाँ, तुमने ठीक कहा!"

"लछिमा हमेशा ठीक ही कहती है।"

प्रसाद हँस पड़ा। लछिमा भी हँसी। अभी भी जब वह हँसती थी, तो बेहद खूबसूरत लगती थी।

लछिमा ने पूछा, "ख़बर है, राँका?"

"मालिक बीवी लानेवाला है।"

"तेरी क्या ख़बर है?"

"मालिक के पाठा बेचने आया था।"

"तब तो...ढेरों रुपइये मिले होंगे।"

"हाँ, इतने रुपये लेकर, अकेले जाऊँ कैसे?"

"प्रसाद संग चला जाएगा।"

"क्यों? क्यों? मैं क्यों?"

"क्यों? तुम क्यों नहीं?"

"कोई अच्छा-भला काम होता, तो जा सकता था। एक बुड्ढा खूसट, ऊपर से बदमाश। उसने किसी बच्ची लड़की से शादी रचायी...अरे, भइये, जिस औरत को तुम अस्पताल में भर्ती करा आये, उधारचन्द उसी का ससुर है न? मैं नहीं जाऊँगा।"

"यह कैसी बात? अरे, तुम क्या उसके लिए जाओगे? तुम जाओगे, इस छोटे राँका के लिए। यह लड़का क्या चोर-डाकू के हाथों पड़कर अपनी जान गँवा बैठे? इतने-इतने रुपइये लेकर जो जा रहा है।"

"ठीक है, करता हूँ कोई इन्तज़ाम!"

"इसी राँका के साथ सुरसतिया का ब्याह होनेवाला था।"

"यह सुरसतिया जाने कौन तो है न...!"

"जिसे उधारचन्द ब्याहकर ले गया।"

"तुम राँका की शादी कर दो।"

"कर ही दूँगी।"

"उसे अपनी टोली में नहीं ले जाओगी?"

"उसे क्या, तुम्हें भी ले जाऊँगी!"

"अब ज़रा उठ जाओ, दीदीजी, राँका का कोई इन्तज़ाम कर डालूँ।"

"डॉक्टर से कह दो, प्रसाद, उस लड़की को ठीक कर दे।"

"हाँ, कहूँगा। अब, तुम उठ जाओ।"

प्रसाद को किसी जान-पहचान के बन्दे की लॉरी मिल गयी। उसने राँका को ड्राइवर की बगल में सवार करा दिया और कहा, "बाद में, फिर कभी, थोड़ा वक़्त लेकर आना।"

उन रुपयों से उधारचन्द ने साड़ी-ब्लाउज, दस्ते के ज़ेवर, सिन्दूर-आलता ख़रीद लिया। अपने लिए धोती-कुर्ता-दुपट्टा और जूते भी ले लिए।

राँका ने कुछ भी नहीं लिया। न नये कपड़े, न रुपये। अगले दिन उसने देखा, कि उधारचन्द ने एक बैलगाड़ी किराये पर ली है और बीवी को लेने चल पड़ा है।

राँका को ढेर सारे काम सौंप गया। उसे हलवाई की दुकान से मिठाई लाना था! बकरियों की साफ-सफाई-जतन करना था। बाजरा पिसाकर रखना था। आटा लाकर रखना था। इसके अलावा भी जाने कितने काम पड़े थे।

राँका को लगा उसे कहीं कोई काम नहीं है। उधारचन्द, सुरसतिया को लाने गया है, इसलिए राँका के लिए कोई काम नहीं बचा है।

छह

उधारचन्द जब बैलगाड़ी लेकर दाखिल हुआ, बाढ़ा गाँव में हलचल मच गयी। बाढ़ा, नाढ़ा गाँव में सुरसतिया जैसी लड़कियों के गौने में कभी बैलगाड़ी नहीं आयी थी।

करार पर लायी गयी बैलगाड़ी। कल ही वह बैलगाड़ी वापस करनी थी। अगर आज ही लौटा पाता, तो बेहतर था। उधारचन्द ने आते ही हड़बड़ी मचा दी। एक बार निगाहें दौड़ाकर उसने सारा कुछ देख लिया और समझ

भी लिया कि यहाँ वह एक दिन क्या, एक महीने भी रह सकता है। कालिया दुसाध खुश ही होगा, क्योंकि खाना-खुराकी उधारचन्द ही देगा।

अस्तु चलो, चलो, जल्दी करो।

धनुवा की बीवी की उम्र चाहे जितनी भी हो, रिश्ते में वह उधारचन्द की बड़ी सलहज थी।

वही आगे आयी और उसने सतेज लहजे में कहा, "चलो, चलो, कहने से ही क्या सारा कुछ हो जाएगा? अपनी बेटी को नहलाऊँगी-धुलाऊँगी, नयी साड़ी पहनाऊँगी, थोड़ा-बहुत रूखा-सूखा खिलाऊँगी-पिलाऊँगी। इतने बरस तो भूले रहे। अचानक हमारी याद कैसे आ गयी? अरे, पीहर से बेटियाँ क्या जाना चाहती हैं?"

"अपनी ननद को बता दो, अभी तो दस्ते के गहने दिये हैं! कुछ दिनों बाद बस्ते को बदलकर पीतल के गहने बनवा दूँगा। कुछ और समय गुज़रते ही पीतल के गहनों को चाँदी में बदल दूँगा।

"रूपा की जगह...?"

उसी समय कालिया घर के अन्दर दाखिल हुआ। वह दुकान पर था।

घर में दाखिल होते ही उसने हाँक लगाकर कहा, "रूपा के बदले सोना, सुरसतिया की तकदीर में अपने आप आ जाएँगे। उधारचन्द दुसाध, यह कैसा खच्चरपन है तुम्हारा?"

"तुमने क्या कहा, कालिया?"

"खच्चरपन किया है तुमने।"

उधारचन्द भकील बाबू लोगों की निर्लज्ज ठगी क़बूल कर सकता था; सिपाही लोग न उसे सूद देते थे, न असल। लेकिन, दुसाधों के साथ उसका कोई रिश्ता-नाता नहीं रहा था। लेकिन कालिया की ज़ुबान से 'खच्चरपन' शब्द सुनकर वह भयंकर आगबबूला हो उठा।

"देखो, कालिया, तुम्हारी बेटी से ब्याह किया है मैंने, इसलिए क्या तुम मेरे बराबर की औकातवाले हो गये? तुम भिखमंगे जीव को कारोबारी दामाद मिला है, तो इज़्ज़त दिखाकर बात नहीं कर सकते?"

धनुवा ने भी बाप को डपटकर कहा, "सुनो, दिमाग़ ठण्डा करके बैठ सकते हो, तो बैठो–"

उसने उधारचन्द से भी मुखातिब होकर कहा, "आपने भी कम गाली-गलौज नहीं की। अरे, ज़रा-बहुत हँसी-मज़ाक़ हो रहा था। इसे अगर गाली समझें, तो गाली, वर्ना कुछ भी नहीं!"

"मतलब?"

"जिसके पास कुछ भी न हो, वह क्या भिखारी होता है? कौन जाने? तब तो सारे के सारे दुसाध ही भिखमंगे हैं। खैर, छोड़िए।"

धनुवा की बातों में जाने क्या तो था, उधारचन्द पकड़ नहीं पाया। उसे बार-बार यही अहसास होता रहा कि अब वह बूढ़ा हो गया है।

उसने तमककर कहा, "तुम्हारे बाप ने मुझे 'खच्चर' कहा।"

"हाँ, बात तो ग़लत है। लेकिन, मैं बप्पा को भी दोष नहीं दे सकता। गरीब दुसाध ठहरा। कारोबारी इनसान के साथ नरम-गरम कैसे बात की जाती है, वह नहीं जानता। उस पर बेटी का बाप ठहरा। उसका दिल दुःखी हो आया है। आज ही नउआ से भेंट हुई, तभी सारी बातों की जानकारी मिली।"

"क्या जानकारी मिली?"

"आपका गला क्यों सूख रहा है?" धनुवा ने मन में दबा हुआ गुस्सा जाहिर करते हुए कहा, "मैं तो सारा दोष अपने बाप को दूँगा। उस वक़्त न मेरी माँ राज़ी थी, न मैं। फिर भी इन्होंने अपने दोस्त से बेटी को ब्याह दिया। छिः! थू।"

"अब क्या कहना है, यह बताओ?"

"राँका के साथ ब्याह होता, तो..."

"उसके पास क्या है? वह तो मेरा नौकर है।"

"आप अभी नये-नये दुसाध बने हैं। साले का बेटा है, वह नौकर हो गया? राँका के पास कुछ नहीं है? किस दुसाध के पास होता है? लेकिन वह जवान-जहान तो है। औरत-मरद मेहनत-मशक्कत करके, उपासे रहकर... हम सबको इसी की आदत है। हमारे बेटे कारोबारी बाप के जीते-जी, रोते-बिसूरते, अँधेरी रात में चूहों की तरह छिपकर देश छोड़कर भाग नहीं जाते और उसके बेटे की बहुरिया को उठाने और शरण देने का काम जंगल टोले के दुसाध लोग नहीं करते, बहुरिया की जान गाँववाले नहीं बचाते, लछिमा उसे अस्पताल नहीं ले जाती।"

"बस, बस, मुझे और कुछ नहीं सुनना है।"

"सुनना तो पड़ेगा ही। आप उन दिनों भी कारोबारी थे, उन दिनों भी आपके पास पैसा था और हम लोग भी उसी हालत में थे, जिस हालत में, नवरतनगढ़ जाने से पहले, आप थे। सुरसतिया का ब्याह अगर राँका से हुआ होता, तो बेहतर होता। अपने रुपइयों का दिखावा करके, आपने कालिया दुसाध को राज़ी करा लिया और मेरी बहन से आपने ब्याह कर लिया। क्यों? ब्याह का ऐसा शौक चर्राया, ऐसी ज़िद सवार हो गयी कि इस ब्याह को लेकर बेटों से रिश्ता ही तोड़ लिया?"

"यह मैं समझूँगा।"

"आज हजाम से पता चला कि सुरसतिया भगवती-सुलक्षणा लड़की है। ऐसी लड़की लाखों में एक जन्म लेती है। ऐसी लड़की का बेटा भी परम भाग्यवान होता है। उसकी दौलत से ज़मीन-जमा, रुपये-पैसे, गाय-बकरी, सबकुछ होता है। यह बात सुनते ही, झटपट आपने खुद उससे ब्याह कर लिया। मेरे बप्पा को आपने कोई बात नहीं बतायी। इसी चोट्टेपन की वजह से बप्पा ने आपको 'खच्चर' कहा।"

"हज्जाम ने बता दिया? सारी बात बता दी उस हज्जाम ने?"

धनुवा 'आप' से 'तुम' पर उतर आया।

"अब, कहो, उधारचन्द, तुम्हें क्या कहना है?"

"मैं क्या कहूँ?"

"मैं इस लक्षण-वक्षण का पता नहीं। मेरा यह कहना है कि तुम यहाँ से फूट लो। चले जाओ यहाँ से। हम अपनी बहन का दोबारा ब्याह करेंगे। किसी जवान लड़के से उसका रिश्ता कर देंगे। बेटी ब्याहकर थोड़े-से रुपयों की आशा की थी, इस ख़याल से बप्पा को धक्का लगा है।"

"ऐसी बात मत करो, धनुवा। तुम्हारी बहन के लिए, मैं बेहद आसरा लगाये बैठा हूँ। कहाँ गये तुम, कालिया?"

"अब कालिया की खोज क्यों?" कालिया बोल उठा।

"बातचीत तो तुमसे ही होनी है।"

"मैं क्या बातें करूँ?"

"अरे, कोई तो बात होगी ही।"

इसके बाद, काफी-काफी बातें ख़र्च होती रहीं। उधारचन्द ने कालिया के हाथ पर दस रुपये रख दिये। उसने और भी रुपये और दो बकरी देने का वचन दिया। इतने सबके बाद, सुरसतिया विदा कर दी गयी।

धनुवा की बीवी ने पूछा, "क्या सोच रही है, सुरसतिया?"

"बहू, मैं कैसे उसका घर बसाऊँगी?"

धनुवा ने समझाया, "अगर मन न बैठे, तो तू चली आना।"

"वह बुड्ढा तो राँका को भी खदेड़ देगा।"

"हद पाजी है यह बुड्ढा।"

धनुवा ने फिर कहा, "देखना, मैं उस हजाम को खूब पीटूँगा।"

बीवी ने कहा, "ब्याह तो तुम्हारे बाप ने ही कराया था।"

"उसने सोचा था कि उसे रुपइये मिलेंगे, खाने को मिलेगा।"

"सुन, राँका के जरिये अपनी ख़बर भेजती रहना।" धनुवा ने कहा!

धनुवा, धनुवा की बीवी और माँ का मन भारी हो आया। उन लोगों को राँका बेहद पसन्द आ गया था।

जाते समय सुरसतिया का मन किसी असहायता के बोझ से भारी-भारी रहा। जानी-पहचानी दुनिया छोड़ जाने का दुःख। दुसाध लड़कियाँ मेहनत-मशक्कत करके जीविका निर्वाह करती हैं। वे लोग यथेष्ट आज़ाद रहती हैं। ससुराल जाने का मतलब हमेशा-हमेशा के लिए जाना नहीं होता। झगड़ा-झमेले, उद्दाम-आवेग, राग-अनुराग में, वे लड़कियाँ पीहर-ससुराल, दोनों ही जगह बेहद मुक्त और आज़ाद रहती हैं। यह बुड्ढा खूसट सुरसतिया को मानो हमेशा-हमेशा के लिए खरीदकर, अपने साथ लिए जा रहा हो।

साथ ही उसके मन में आकुल प्रत्याशा भी थी। वहाँ राँका को देखेगी। राँका के साथ ही उसका विवाह होना तय था, यह बात उसने बहुत बार सुनी थी। एक ही बात बार-बार सुनते रहें तो वह मन में बस जाती है।

तोहरी में उधारचन्द ने सुरसतिया के लिए तिल का खाजा खरीद दिया। सुरसतिया ने उसे अपने आँचल में बाँध दिया।

उधारचन्द ने कहा, "हम नवरतनगढ़ पहुँच गये। सिर और चेहरा ढककर उतरना, वर्ना लोग बातें बनाएँगे।"

सुरसतिया ने गर्दन घुमाकर देखा और झल्लाकर कहा, "बातें बनाएँगे?"

"हाँ, हाँ, यहाँ का चाल-ढाल बिल्कुल अलग तरह का है।"

अचानक उधारचन्द सिमट-सिकुड़कर केंचुआ हो आया।

उसने हड़बड़ाकर कहा, "उतरो। उतरो। भकील बाबू आ रहे हैं। मट्टी पर झुककर गोड़ लागो।"

अनयास घूँघट सम्हालते-सम्हालते सुरसतिया ने एक जोड़ा नागरा जूतों को प्रणाम किया।

"देखूँ, देखूँ, ज़रा मुखड़ा देखूँ।"

उधारचन्द ने घूँघट खिसका दिया। भकील बाबू ने गिद्ध जैसी तीखी निगाहों से सुरसतिया को निरखा-परखा। हाँ, चेहरे पर वह रहा लाल मसा। शक्ल-सूरत भी बुरी नहीं थी। रंग काला। ख़ैर, उनका रंग तो काला होता ही है। छरहरी देह सख्त-पुख्ता। भुजा सिंह खुश ही होगा।

"लो, यह लो।" भकील ने दूर से ही दो रुपये उछालकर कहा, "मैंने तुमसे जो कहा है, याद रखना, उधारचन्द।"

"जी, हजूर।"

भकील चला गया।

उधारचन्द ने कहा, "तोरा दद्दा भी नहीं समझता। अरे, यह क्या कम भाग्य की बात है? भकील बाबू खुद चलकर, मेरी बहुरिया को देखने आये। उस पर से हाथोंहाथ रुपइये भी थमा दिये।"

"यह आदमी कौन है?"

"अरे, चुप! चुप! आहिस्ते! वह आदमी राजा का वकील है। बेहद जानी-मानी हस्ती।"

"यह आदमी बहुत बुरा है।"

"यह तू क्या बकवास कर रही है।"

"हाँ, हाँ, हम सच्ची कह रही हूँ। उस मानस की निगाह बहुत गन्दी है। बड़ा असभ्य है, वह आदमी।"

"हुँहः गाँव में बैठे-बैठे ही तू सब जान गयी। क्यों?"

"हुँहः शहर की आदत-बात कौन जानना चाहता है? मोरा गाँव ही भला।"

"चल, चल, घर चल।"

राँका लालटेन थामे दरवाज़े पर खड़ा था। सुरसतिया को देखकर उसकी

छाती धधक उठी। सुरसतिया ने उसकी तरफ हँसकर, प्रत्याशाभरी आँखों से देखा।

उसने संक्षिप्त लहजे में कहा, "राँका।"

"आ गयीं तुम?"

उधारचन्द ने हड़बड़ी मचाते हुए कहा, "चल! चल, कमरे में चल।"

सुरसतिया कमरे में दाखिल हुई।

उसने छूटते ही कहा, "हाय मइया गो, कुल एक ही कमरा, इसमें इतना-इतना सामान क्यों ठूँसा हुआ है?"

उधारचन्द ने जवाब दिया, "सब ठीक हो ज़ाएगा। रुको, मैं बैलगाड़ी पहुँचाकर आता हूँ।"

राँका ने पूछा, "मैं चला जाऊँ?"

"नहीं, मैं ही जाता हूँ। सिपाही मानस ठहरा, कहीं नाराज़ न हो जाए। मिठाई वगैरह तो लेगा नहीं। क्या नज़र करूँ उसे?"

"मैं क्या जानूँ?"

"देखता हूँ, ज़रा चक्कर तो लगा आऊँ। तू चूल्हा जला ले।"

उधारचन्द के जाते ही राँका ने कहा, "रुक जाओ। थोड़ी-सी लकड़ियाँ ले आऊँ। बस, मैं गया और आया।"

सच ही उसने ज्यादा वक्त नहीं लगाया। लेकिन उसने लौटकर देखा, सुरसतिया ने अपनी पुरानी-धुरानी साड़ी पहन ली है। नयी साड़ी उतार दी है।

सुरसतिया ने कहा, "रुको, मैं ही चूल्हा जला लेती हूँ।"

"ना! वह गुस्सा करेगा।"

"छोड़ो तो अपने बुढ़वे की बात।"

"यह कैसी बात?"

"मेरे दद्दा ने कहा है कि वहाँ मन न जमे, तो लौट आना।"

"उसने सही बात नहीं कही।"

"उसने और भी बहुत-सी बातें कही हैं, बाद में सुन लेना। हाँ, तो पकाओगे क्या?"

"कौन जाने? वही तो बता देता है।"

उधारचन्द ने आकर हिदायत दी, "आज, भात-दाल बनेगा।"

सुरसतिया ने कहा, "राँका, खाना हम पका लूँगी।"

उधारचन्द से उसने बात ही नहीं की। खाना बनाकर उसने उन दोनों को खाना परोस दिया। खाना-पीना निपट जाने के बाद, सुरसतिया को परम निश्चिन्त और राँका को परम विस्मित करते हुए, उधारचन्द राँका के साथ सोने चला गया।

उसने सुरसतिया से कहा, "सुन, डर लगे तो बत्ती जला लेना।"

राँका को यह इन्तज़ाम जैसे बिल्कुल समझ में नहीं आया। रात को लेटे-लेटे, उधारचन्द ने उसे सारी बातें विस्तार से समझायीं।

"भकील बाबू ने यह कैसा मज़ाक़ किया। तमाशा ही बना दिया।"

"तू क्या समझेगा?"

"ख़ैर, तुम ही समझो-समझाओ! अब, सुनो। मैं अब चला जाऊँगा।"

"कुछ दिन और रुक जा न।"

"क्यों? अब और क्यों रहूँ?"

"एक बन्दोबस्ती कर डालूँ।"

"बन्दोबस्ती? कैसी बन्दोबस्ती?"

"बकरियाँ चराने की।"

"तुम चराओगे बकरियाँ?"

"कौन? मैं? मैं भला चरा पाऊँगा?"

"तुम उधारचन्द बाबू हो। मैं तो यह बात भूल ही गया था।"

"मज़ाक़ कर रहा है?"

"सुरसतिया चरा लेगी।"

"नहीं। नहीं। वह घर में ही रहेगी।"

"भुजा सिंह का घर ख़रीद लो और नौकर रख लो।"

"यह तू क्या कहता है?"

"जो भी करना है, फटाफट कर डालो। मुझे अब अच्छा नहीं लग रहा है।"

"प्रसाद महतो ने तुझे कोई बुद्धि दी है? कोई पट्टी पढ़ाई है?"

"तुम्हें इससे क्या?"

"वह आदमी भला नहीं है।"

"उस जैसे आदमी को तुम किसी दिन भी नहीं समझ सकते।"

"मैं तेरे भले के लिए ही कहता हूँ।"

"अरे, भई, तुम्हारे पास दौलत है, वह तो मेरी मेहनत का फल है। बाहर तुम कहते हो, मैं तुम्हारा नौकर हूँ, घर के अन्दर कहते हो, मैं तुम्हारा अपना, सगा हूँ। लेकिन, मुझे तुम एक पैसा भी नहीं देते।"

"दूँगा! कहा तो है, दूँगा।"

"मुझे देकर तुम अपना कितना काम हासिल कर पाओगे? अब मुझे छुट्टी चाहिए। मुझे तुम्हारा पैसा नहीं चाहिए।"

"राँका, पैसों को कभी छोटा करके मत देखना।"

"तुम्हारा पैसा तो तुम्हारे ही काम नहीं आया, न ही तुम्हारे बेटों के काम आया। तुम्हारे पैसों पर उन सिपाहियों ने ऐश किया।"

"यह बात मत छेड़। मन में दुःख उठ जाता है।"

"चलो, तुम दुःख उठाओ। मैं तो सोने चला।"

राँका सो गया। उधारचन्द सोचता रहा, अब कोई नया छोकरा खोजना ही होगा। न हो, वह खुद ही तोहरी चला जाएगा। वहाँ के बाज़ार में तरह-तरह के अनगिनत लोगों का आना-जाना है। अपनी जात का कोई न कोई लड़का मिल ही जाएगा।

सच ही, उसकी काफी उम्र हो चुकी है। अभी भी उसके जीवन में अच्छे दिन नहीं आये। सुरसतिया को बेटा होगा, वह बेटा बड़ा होगा, उधारचन्द क्या यह देखकर जा सकेगा कि बेटे का हाथ थामकर मान-सम्मान आया, ज़मीन, समृद्धि नसीब हुई? मान-सम्मान या खातिर—सब ज़मीन की मिल्कियत के दम पर ही आता है। भरत, भकत, पुरान—उसके तीनों बेटों ने भी यह बात नहीं समझी। जो कारोबार कर रहा था, वही करते-करते, तू लोग टाइ अंचल में ज़मीन ख़रीद सकता था।

राँका चला जाएगा। उधारचन्द समझ गया कि उसे अन्दर ही अन्दर बेहद तकलीफ़ हो रही है। उसकी तरफ से जितना सम्भव था, उसने राँका को उतना प्यार दिया, उतना ही भरोसा किया। भकत, भरत और पुरान को वैसा प्यार और विश्वास नहीं मिला।

राँका उसे 'उधारचन्द बाबू' कहता है। दिल्लगी करता है। आखिर वह क्यों न चला जाये? उधारचन्द दिन-दिन भर तरह-तरह के धन्धे में लगा

रहता है। सभी को आदर-मान देता है। उसकी तीखी आकांक्षा है कि वह भी नवरतनगढ़ का कोई प्रतिष्ठित इनसान बने। लेकिन राँका उससे बराबरी के स्तर पर बात करता है। यहाँ राँका ही उसका सबसे करीबी इनसान है।

जब वह बकरी-पाठा लेकर कुछ दिनों के लिए जंगल की तरफ चला गया था, तब उसने अपने जीवन के बारे में नहीं सोचा। उसका बकरी-पाठा, हाट-बाज़ार में बेच आया, लेकिन एक पैसा भी इधर-उधर नहीं किया।

इस वक़्त कितनी गहरी, बेसुधी की नींद सो रहा है। राँका चला जाएगा। लेकिन, वह जाए ही क्यों?

उधारचन्द के मन में जाने कितनी ही बातें आती-जाती रहीं। सुरसतिया को अगर बेटा हुआ, तो उसे बड़ा होते-होते बीस वर्ष तो लग ही जाएगा। उस समय उधारचन्द की उम्र अस्सी वर्ष हो चुकी होगी, उस लड़के का हाथ थामकर अगर अगाध-अपार सुख-समृद्धि आयी भी, तो उधारचन्द भला कैसे भोग करेगा?

इसके बावजूद, सुबह होते ही, किसी घड़ी तोहरी चला जाएगा। सुबह होते ही चौदह तारीख। चार दिन बाद, अठारह तारीख आ पहुँचेगी। सुबह हुई, तो उधारचन्द जाने कौन-सी ज़रूरी बात भूल गया। हाँ, हाँ, सुबह-सुबह शरीर का दैनिक काम-काज भी तो है। जंगल बिल्कुल करीब से ही शुरू हो जाता है, यही एक सुविधा है। लोग-बाग़ ने जाने कभी काँटा-तार का बेड़ा उखाड़कर फेंक दिया है। सुरसतिया को दिखा देना होगा।

उधारचन्द गहरी नींद सो गया।

उसकी उम्र हो चुकी है। सुबह जब उसकी नींद टूटी, तब काफी दिन चढ़ आया था। वह जाग गया और उठकर अपने कमरे में चला आया। सुरसतिया वहाँ नहीं थी।

सुरसतिया बेड़े के किवाड़ के करीब खड़ी थी। उधारचन्द ने उसे आवाज़ दी।

"वहाँ क्यों खड़ी है। आ, कमरे में आ!"

सुरसतिया जहाँ की तहाँ खड़ी रही।

"कहा न, कमरे में आ।"

सुरसतिया कमरे में चली आयी और फर्श पर बैठ गयी।

उधारचन्द ने कहा, "तुझे सबकुछ सिखाना होगा।"

"क्या?"

"यहाँ की आदतें वगैरह।"

"यहाँ मैं नहीं रहूँगी।"

"तो कहाँ रहेगी?"

सुरसतिया मानो हवा से बतिया रही हो—

"शहर। बड़ा आया शहर। मानो पिंजरे में क़ैद पंछी हो। यहाँ मत खड़ी हो। वहाँ मत खड़ी हो। मैं यहाँ क्या करूँ, ज़रा सुनूँ?"

"सुनो, सुरसतिया, मेरी बात सुनो।"

"मुझे कोई बात नहीं सुननी?"

"कल आयी और आज ही लौट जाएगी?"

"तो क्या करूँ?"

"तुझे काफी गर्मी चढ़ी है? ख़ैर, यह उम्र की गर्मी है। सुन, तेरी गर्मी, ठण्डी करना मुझे आता है। मेरा नाम उधारचन्द है।"

"ओफ ओऽ। जैसे बड़े मानी-ज्ञानी इनसान हो।"

"अरे, तू मेरे पास रही, तो मेरे साथ अभी कितना कुछ होगा।"

"सुनो, मुझे इतना बन्धन, इतना बँधे-बँधे रहना अच्छा नहीं लगता।"

"इतना-इतना ख़र्च किया तेरे लिए, जानती है? और तुझसे ब्याह करने के लिए मैंने अपने बेटों को भी पराया कर दिया।"

"मुझे यह सब क्या पता?"

"सुन, तू मेरे लिए जो बेटा जनेगी, उसके जरिये मेरी किस्मत चमक उठेगी—"

"हँहः बुड्ढे का शौक तो देखो।"

"मैं बुड्ढा हूँ या जवान, तीन दिनों बाद पता चल जाएगा।"

"देखा जाएगा।"

उसी समय राँका बकरियों को लेकर वापस लौट आया।

उधारचन्द ने सवाल किया, "इतनी जल्दी लौट आया?"

"जंगल में लकड़बग्घा घूम रहा है।"

"बाप रे! सर्वनाश! बकरियाँ गिनकर लाया है न?"

"नहीं! सब लकड़बग्घे को खिला आया।"

"चल, छोड़। बकरियों को समेटकर, तबेले में डाल आ। जा, हाथ-मुँह धो आ। ले मिठाई खा, हम लोगों को भी दे। मैं एक बार तोहरी जाऊँगा।"

"क्यों? नौकर खोजने?"

"कुछ साग-सब्जी लानी होगी न। ले, नाश्ता कर ले। रसोई भी चढ़ानी है। अभी क्या कम काम है?"

"राजा का सिपाही आनेवाला है।"

"क्यों?"

"उसे पाठा चाहिए। खायेगा।"

"तूने उसे देखा?"

"तुम्हारे भकील बाबू ने बताया।"

"न्ना! ये लोग मुझे अपना कारोबार सही-सलामत नहीं करने देंगे।"

"बकरियों को लेकर, क्या मैं फिर वापस जंगल में चला जाऊँ?"

"वहाँ तो लकड़बग्घा है न?"

भुजा सिंह इन दिनों करीब आठ-आठ जन भूतपूर्व सिपाहियों को अपने यहाँ पालता-पोसता था। हज़ार बीघा जोत थी, काठ की ठेकेदारी थी, आदिवासी प्रजा थी, काठ-कटाई मजूर थे। इतना सब सम्हालने के लिए, इन लोगों की ज़रूरत थी। ये लोग बन्दूकबाज़ थे। इसके अलावा लठैत और भालेबाज़ भी हैं। सबके सब अपने-अपने कामों में माहिर थे।

रामावतार सिपाही ने बाहर ज़मीन पर लाठी ठोंककर हाँक लगायी, "ए उधारचन्द दुसाध। कहाँ हो?"

"यह रहा मैं। यहीं तो।"

"एक ठो पाठा—"

"अभी, उसी दिन तो एक पाठा दिया था।"

"वह तो हजम हो गया।"

"देता हूँ।"

देख-सुनकर, एक अदद हृष्ट-पुष्ट, कमनीय काले रंग का जीव चुनकर, रामावतार सिपाही उठा ले गया।

उधारचन्द ने लम्बी उसाँस भरकर कहा, "सुरसतिया को भी यहाँ अच्छा नहीं लग रहा है। अब, मैं अपना कारोबार समेटकर, गाँव चला जाऊँगा। वहाँ इतना जोर-जुलुम नहीं है।"

राँका ने कहा, "नहीं, नहीं, गाँव में तुमसे रहा ही नहीं जाएगा। तुम यहीं रहोगे, इनके जुल्म सहते रहोगे। वैसे भी गाँव चले भी गये, तो वहाँ भी क्या मालिकों का जुल्म नहीं है?"

"बातों में वक़्त बर्बाद करने से फ़ायदा क्या है? ले, मिठाई खा, फिर मैं बाज़ार जाऊँ।"

"क्या बनाऊँ? भात या रोटी या घाटो?"

"आज घाटो ही हो जाए।"

"तब सब्जी लाकर क्या होगा?"

"देखते हैं।"

उधारचन्द बाहर निकल गया।

सुरसतिया ने कहा, "यहाँ पानी कहाँ है? नहाऊँ कहाँ?"

"तुम्हारे नहाने के लिए पानी मैं ले आता हूँ। कुएँ से तो और-और लोग पानी लेते हैं। हमारी बिरादरी का तो कोई है नहीं। दोपहर या शाम से पहले, वहाँ सुविधा नहीं होती। पंचायती कुआँ है।"

"ठीक है! चूल्हा जला लूँ?"

"मैं सुलगा लेता हूँ।"

"रुक जा, राँका। अउरत बैठी रहे, मरद राँधे, ऐसा हो सकता है?"

"अपने घर में कभी पकाया है?"

"मइयो, भौजी और मैं। जब, जिसको समय मिलता था, पका लेती थीं। देखो, अभी जो मैं पकाऊँ, रात को तुम वही कहना और सुबह वही खाकर तुम बाहर निकलना।"

"दो-दो बार चूल्हा जलेगा?"

वन की लकड़ी। राँका की मेहनत।

"रहने दो। रहने दो।"

कुछ देर बाद सुरसतिया ने कहा, "बस, दाल और घाटो। तुम्हें और कोई काम नहीं है?"

"हाँ, है न। मैं ज़रा बेड़ा बाँध लेता।"

"चलो, खाना बन जाने दो, फिर हम दोनों मिलकर बेड़ा भी बाँध लेंगे।"

"उसने बताया कि सुरसतिया को यहाँ अच्छा नहीं लग रहा है।"

"ना! वह मानस मुझे ज़रा भी पसन्द नहीं आया।"

"ऐसी बातें मत करो। उसे दुःख होगा।"

"तो हम क्या करूँ?"

"उसे तुमसे बहुत सारी आस है।"

"तो हम क्या करूँ, राँका? उसकी उम्र साठ बरस है, मोरी सोलह। जब वह अस्सी बरस का होगा, तब भी मोरी ताकत बनी रहेगी। हम क्या करूँगी, बताओ?"

"यह मैं क्या बताऊँ?"

"तुम कुछ नहीं बता सकते?"

"मैं क्या बेईमानी करूँ, सुरसतिया?"

"चलो, छोड़ो। गम्भीर होने की ज़रूरत नहीं। चलो, बताओ, दाल-मसाला कहाँ रखा है? मिरच है घर में?"

इसी ढंग से सुरसतिया नवरतनगढ़ में दो-तीन दिन पुरानी हो गयी। अचानक नवरतनगढ़ की हवा-वाताश बेहद रहस्यमय हो उठी।

भुजा सिंह पटना से लौट आया।

भकील फौरन भुजा सिंह की कोठी की ओर दौड़ पड़ा। उसके पास ख़बर जैसी ख़बर जो थी। किसी लेडी डॉक्टर को उसके घर से उठा लाने, उसे रोके रखने, और उसके बाद, उसका खून करके, हावड़ागामी ट्रेन के डिब्बे में, उस मरी हुई लाश को ट्रंक में भरकर, चल पड़ने के मुक़ाबले बहोत-बहोत अच्छी ख़बर।

भुजा सिंह ने अपनी लाल-लाल, पथरायी-पथरायी आँखें मलते हुए, सारी कहानी सुनी।

अचानक उसने अचकचाकर सवाल किया, "क्या? भगवती-सुलक्षिणी लड़की? कहाँ है वह लड़की?"

"एक दुसाध के घर।"

"आँय? ऐसा कैसे हुआ? बुलाओ उस दुसाध को।"

"सुनिए, श्रीमान, सुनिए।"

भकील सारी कहानी बयान करता गया।

भुजा सिंह ने कहा, "तब तो धर्म-नाश, सत्य-नाश किये बैठा है। उस दुसाध ने क्या अपनी बीवी को अभी तक छोड़ दिया होगा? छोटी जात के लोगों में भला कोई संयम-ज्ञान होता है? आज बीवी आयी है, कल तुम देखोगे, घर में बत्तख के बच्चों की तरह, पैंक-पैंक कर के बच्चों के झुण्ड के झुण्ड घूम-फिर रहे हैं। कैसे तो इतने-इतने बेटों को जनम दे डालती हैं, कौन जाने!"

"मैंने वह इन्तज़ाम भी कर रखा है। सुनिए।"

सारी योजना सुनकर भुजा सिंह ने कहा, "तुम कह रहे हो, वह भगवती-सुलक्षणी है? तुमने उसे अपनी आँखों से देखा है? या सिर्फ सुनी-सुनाई बात कर रहे हो?"

"मैंने खुद उसका चेहरा देखा है। बाकी आप देख लीजिएगा।"

"फिर पूछते क्या हो? ले आओ–"

"पहले रात तो हो लेने दो।"

"आ गयी, तो फिर जाने नहीं दूँगा। जिस भी औरत को मैं छोड़ देता हूँ, वही बड़ी-बड़ी बदनामी फैलाती है। इस बार, उसे जाने मत देना।"

"ना, श्रीमान, जब तक उसे बेटा न हो जाए, वह औरत यहीं रहेगी।"

"देखा जाएगा! पता है, दुसाधिन औरतों का काला रंग, बदन से आती हुई सरसों तेल की गन्ध, सख़्त-कसी हुई देह–मुझे बे-हद, बेहद भली लगती है। हमारे घर की औरतें...? छिः।"

"हाँ, ओ तो सच है।"

"और उसका वह पति?"

"उसे मैं समझा लूँगा, जनाब। नीच जात है, इसलिए उस पर दया की थी। लेकिन, अब देख रहा हूँ कि ऐसा कुछ न करता; तो ही अच्छा करता।"

"हाँ, जी, हाँ। अरे, मैं ठहरा राज्यसभा का सदस्य। मुमकिन है, किसी दिन मन्त्री भी हो जाऊँ। मेरे राज में, मेरी ही नाक की नोक पर, किसी दुसाध का घर? छिः छिः अन्यान्य सदस्यों के सामने मेरी इज़्ज़त का कचरा होता है। मेरा सिर नीचा होता है।"

"ठीक है, उसे उजाड़ दूँगा।"

"अगर वह आदमी हल्ला मचाये?"

"आपके सिपाहियों के पास बन्दूक है, इतना बड़ा जंगल है। जंगल में लकड़बग्घा है, सियार हैं; आप चिन्ता क्यों करते हैं?"

"ठीक है।"

इस तरह सारी बातें तय हो गयीं।

उधारचन्द दुसाध को इस बारे में कानोंकान ख़बर नहीं हुई।

प्रतीक्षित अठारह तारीख की रात, उसने कहा, "मेरा बिस्तर उसी कमरे में लगेगा।"

सुरसतिया ने सवाल किया, "क्यों?"

"ब्याह तुझसे किया और सोऊँगा राँका के साथ? मेरा बेटा क्या आसमान से टपकेगा? तू तो कुछ समझती ही नहीं।"

सुरसतिया जवाब देना भूल गयी। आज उससे राँका की तरफ देखा तक नहीं गया। उसे यही लगता रहा कि उसके बाप ने उसे बेच दिया। इससे तो मर जाना बेहतर था।

राँका के मुँह में भी जैसे जुबान न हो। वैसे यही तो तय था। यही तो होना था।

राँका बेईमानी तो करना नहीं चाहता था। राँका यहाँ से चला जाएगा।

इस परिस्थिति में राँका मानो रिक्त, निःस्व हो आया। उसे सुरसतिया की ज़रूरत थी, सुरसतिया को उसकी ज़रूरत है। अब, ऐसे में क्या किया जाये? ज़िन्दगी का हिसाब-किताब ऐसे ही तो गड़बड़िया होता है।

राँका ने जल्दी-जल्दी खाना खा लिया और सोने चला गया।

सुरसतिया ज़मीन पर ही पथरायी बैठी रही। उसकी निगाहें लालटेन पर गड़ी रहीं। उधारचन्द उसे सिर से पाँव तक निरखता-परखता रहा और बीड़ी की लम्बी-लम्बी कश खींचता रहा। उम्र! जवानी! उधारचन्द ने वह जवानी अपने पैसों से ख़रीदी थी।

हवा जब अत्यन्त बोझिल और उद्विग्न थी, उसी पल सिपाही रामावतार की दबी-दबी हाँक सुनाई दी, "उधारचन्द दुसाध! दरवाज़ा खोल। साला,

बकरी पालनेवाला, हाथी का पीलखाना तैयार किया है? खोल, साला, दरवज्जा खोल!"

नशे में अतिशय टुन्न और भयंकर आवाज़। साथ ही एकाधिक सिपाहियों ने चीखकर आवाज़ लगायी, "खोल दरवज्जा, वर्ना हम तोड़ देंगे।"

सुरसतिया छिटककर उठ खड़ी हुई। वह एक ही छलाँग में कमरे से बाहर निकल गयी और राँका के कमरे में जा घुसी। राँका भी उठ बैठा। दोनो अँधेरे में पिछवाड़े की तरफ गायब हो गये।

सिपाही अन्दर घुस आये। उन लोगों ने उधारचन्द को धर दबोचा।

रामावतार ने चिल्लाकर कहा, "निकाल अपनी बीवी, हमारे श्रीमान को वह औरत चाहिए। कहाँ है तेरी बीवी?"

"मेरी बीवी?"

"हाँ। हाँ। तेरी वह कौन-सी भागवन्ती बीवी है? भुजा सिंह को वह औरत चाहिए। भाग्यवान बेटा क्या तेरे यहाँ जन्मेगा? बेटा होगा भुजा सिंह के यहाँ। भकील बाबू ने हमें भेजा है।"

"भकील बाबू ने?"

पीछे से भकील दहाड़ उठा, "क्या हुआ?"

उधारचन्द रो उठा, "भकील बाबू...तुम भी..."

"चल, निकाल उस दुसाधिन को। कहाँ है वह?"

राँका, सुरसतिया का हाथ कसकर थामे-थामे पीछे खिसकता रहा। बेड़े से सटे-सटे; उन दोनों ने बेड़ा उखाड़ डाला और बाहर निकल गये। वे दोनो दौड़ पड़े...दौड़ते रहे।

जंगल। भागते-भागते उन दोनों को गोलियों की आवाजें सुनाई दीं। तेज़-तेज़ चीत्कार। उसके बाद, समवेत उल्लास की गूँज।

वे दोनो औंधे मुँह लेट गये।

राँका ने कहा, "मैं जाता हूँ।"

"ना!"

"तू आगे-आगे बढ़ती रह, मैं एकबार वहाँ हो आऊँ।"

"ना। ना। अगर वे लोग कहीं दोबारा आ जाएँ...?"

"तो मैं पेड़ पर चढ़कर देखता हूँ।"

राँका आगे बढ़ आया। वह पेड़ पर चढ़ गया।

काफी-काफी वक़्त गुजरता रहा।

राँका नीचे उतर आया।

"क्या देखा?"

"आग लपलपा रही है।"

"आग?" सुरसतिया फफक-फफककर रो पड़ी। उसने मुँह में आँचल ठूँस लिया।

राँका ने कहा, "अभी भी मुझे दूर तक भागना होगा।"

"बिल्कुल मार ही डाला? आग लगा दी?"

"हमें भागना होगा, सुरसतिया, वे लोग यहाँ भी आ पहुँचेंगे।"

राँका सुरसतिया का हाथ थामे-थामे जंगल में जा घुसा! जंगल के और-और अन्दर...बिल्कुल भीतर तक वे दोनों भागते रहे। राँका की आँखों से आँसुओं की बरसात उमड़ आयी। राँका ने उधारचन्द का ऐसा परिणाम बिल्कुल नहीं चाहा था।

अगले दिन शाम के वक़्त वे दोनों लछिमा की टोली में पहुँच गये। आग की रफ़्तार से यह खबर ग्रामांचल तक फैल गयी। लछिमा और बाकी लोगों को भी यह ख़बर दोपहर तक मिल चुकी थी। वैसे उस वक़्त भी घटना की जानकारी उन लोगों को भी नहीं थी।

उस घटना को लेकर ख़ास कोई तहलका भी नहीं मचा। प्रसाद महतो, नवरतनगढ़ में किसी की भी जुबान से, एक शब्द भी नहीं निकलवा पाया।

भकील ने झुँझलाकर कहा, "क्या हुआ था, यह मैंने पुलिस को बता दिया। अब आपके आगे भी बयान करूँ, इतना मुझसे नहीं होगा।"

"हुआ क्या था?"

"किसको पता? आग! आग! की चीख-चिल्लाहट सुनकर, सभी जाग गये हमने देखा, उधारचन्द का घर जल रहा है। अगले दिन न उधारचन्द नज़र आया, न उसकी बीवी, न उसका नौकर। उसकी बकरी-पाठा दिखे! अब क्या हुआ, क्यों हुआ, कौन बता सकता है?"

"किसी ने भी उन लोगों को नहीं देखा?"

"कोई भी नहीं। तीन-तीन मानस, एकदम से गायब हो गये, जनाब।"

"उसके घर की जगह अब क्या हो रहा है?"

"राज वैद्य अपना गोदाम बनवा रहे हैं।"

"वहाँ पूजा क्यों हो रही है?"

"वहाँ कोई दुसाध जो रहता था। वहाँ की माटी अपवित्र हो गयी थी। इसलिए अपवित्र माटी को पवित्र कर लेना होता है। यह सब भला आप लोग क्या जानें?"

प्रसाद ने यह समूची खबर लछिमा को दी।

कुछ दिन गुज़र जाने के बाद, कालिया जंगल टोली में आया। जो हुआ, सो हुआ। अब, सुरसतिया घर आ जाए।

सुरसतिया ने कहा, "नहीं जाऊँगी।"

"यहाँ तू क्या करेगी?"

"जो ये लोग करते हैं।"

लछिमा ने कहा, "तुम जाओ। मैं उसे समझा-बुझाकर घर भेज दूँगी। चल, सुरसतिया, हम लोग लकड़ियाँ चुन लायें।"

धीरे-धीरे एक-एक करके सात-आठ महीने गुज़र गये।

एक दिन राढ़ा गाँव का बड़ा राँका दुसाध टोली में आ पहुँचा। पुरान की बीवी का हादसा, पुरान लोगों का चले जाना, उधारचन्द की मौत, इतनी सारी दुखद घटनाओं के बाद, इस बार राँका का चेहरा मानो हँस रहा था!

बड़े राँका को जो बोलना था, वह बोल गया। सभी लोगों ने सहमति में सिर हिलाया। छोटे राँका और सुरसतिया की शादी होगी, चलो, यही सही। हो जाने दो शादी।

सबने कहा, "अब लगता है, सुरसतिया, बड़ी भागवन्ती है। पता नहीं, यह बात सच है या झूठ। अगर यह भी सच है, अगर ऐसा ही है, तो और भी भला है।"

राँका ने सुरसतिया से कहा, "ऐसा बेटा वैसा बेटा, अगर यही बात है, तो उस बेटे को भुजा सिंह की तरह बदमाश, लम्पट, खूनी का नाम क्यों मिले? हमारे पास कुछ भी नहीं है। इसलिए राँका जैसे लोगों को बलवान, तेजस्वी बेटे की ज़रूरत है। है कि नहीं?"

सुरसतिया ने कहा, "हाँ! बिल्कुल तुम्हारी तरह!"

❑❑